AF765986

www.ingramcontent.com/pod-product-compliance
Lightning Source LLC
LaVergne TN
LVHW010819051026
849532LV00007B/2576

9789369082667

[illegible]

[illegible]:

([illegible] :9)

[illegible]

Naayaab Urdu Afsane - Part:6 *(Short Stories Anthology)*
by: Farooq Argali
Edition: May '2025
Publisher :
Taemeer Publications LLC (Michigan, USA / Hyderabad, India)

ISBN 978-93-6908-266-7

کتاب	:	**نایاب اردو افسانے** (حصہ:6)
مرتب	:	**فاروق ارگلی**
صنف	:	فکشن
ناشر	:	تعمیر پبلی کیشنز (حیدرآباد، انڈیا)
سالِ اشاعت	:	۲۰۲۵ء
صفحات	:	۱۱۸
سرورق ڈیزائن	:	تعمیر ویب ڈیزائن

فہرست

مسعود مفتی

محدب شیشہ

ذکوۃ کا مہینہ تھا۔ قصبے کی مسجد میں مولوی صاحب جمعہ کا وعظ کر رہے تھے۔

"یتیم، مسکین اور بیوائیں عرش کا سہارا ہیں۔ اُن کے آنسو پونچھو۔ اُن کے سر پر ہاتھ دھرو۔ اپنی کمائی میں سے اُن کو حصہ دو......"

سامنے نمازیوں کی قطاریں خاموشی میں غرق تھیں۔ کچھ دیوار یا کھمبے کے سہارے اونگھتے ہوئے کچھ پنکھے کی ڈنڈی یا کھڑے گھٹنے پسینہ بھرا سر ٹکائے ہوئے۔ کچھ کھلی آنکھوں سے سوئے ہوئے۔ حافظ عمر دراز کی آنکھیں بند تھیں دماغ سویا ہوا تھا۔ ہونٹ باہم چپکے ہوئے تھے، لیکن ہاتھ جاگ رہے تھے، جو بڑی تیزی سے تسبیح کے دانے پھیر رہے تھے۔ مسلسل جاگنے والوں میں بشیر سبزی فروش کے دماغ میں منڈی کے بھاؤ کھد بد مچا رہے تھے۔ ڈاک خانے کے بابو کے ذہن میں تنخواہ اور اخراجات باہم کشتی لڑ رہے تھے اور لاریوں کے اڈے والے منشی کے دماغ میں صبح آٹھ بجے کی لاری میں گزرنے والی عورت کا خوبصورت چہرہ گھوم رہا تھا۔ مگر ماسٹر برکت علی گردن اٹھائے وعظ کا ایک ایک حرف غور سے سن رہا تھا اور جب مولوی صاحب نے منبر سے کچھ آگے جھک کر کہا۔

"بیوہ کی ایک آہ سات آسمانوں میں سوراخ کر دیتی ہے۔ ایسی بیوہ کی ایک دفعہ مدد کرنے والے کو ستر ہزار نیکیوں کا ثواب ملتا ہے۔ وہ سیدھا جنت میں جاتا ہے۔" تو ماسٹر برکت علی کا سارا جسم ایک دم کانپ اُٹھا اور پگڑی سر پر جماتے ہوئے وہ بلند آواز میں پکارا۔

"بخشنا میرے مولا۔"

ماسٹر برکت علی قصبے کے اُن چند لوگوں میں سے تھا، جو خواہش سے نہیں بلکہ محض اتفاق سے

میٹرک پاس کر لیتے ہیں۔اس قصبے میں سرکاری تعلیمی سرگرمیاں چار جماعتوں کے بعد ختم ہو جاتی تھیں۔اور چیچک زدہ چہرے کی طرح پرائمری اسکول اپنی بوسیدہ چھتوں کے نیچے سے دن بھر پہاڑی کے الاپ براڈ کاسٹ کیا کرتا۔اس اسکول میں چند سال زبردستی گزارنے کے بعد گاؤں کے بچے یا تو ڈھیلی دھوتیاں اور گوبڑسی پگڑیاں باندھ کر لٹھ لیے مویشی ہنکاتے رہتے۔یا گھر کے دروازے کی چوکھٹ پر تھالی میں چھوٹی سی دوکان سجا کر قسمت آزمائی کرنے کے بعد کھیتوں میں دھکیل دیئے جاتے اور یا کوئی بھولا بھٹکا انگریزی کا قاعدہ اٹھا کر فالتو وقت میں ماسٹر برکت علی کے پاس آ بیٹھتا۔ پہلے قاعدے کے کونے مڑتے۔پھر اُوپر والا صفحہ رنگ بدلتے حروف کو چھپا لیتا۔اور ایک روز وہ غائب ہو جاتا تو اگلے صفحہ پر منازل طے کرنے لگتا۔جس دن سارا قاعدہ غائب ہو جاتا تو طالب علم کو اگلی جماعت میں چڑھا دیا جاتا۔ جہاں پھر ایک موٹا قاعدہ خریدا جاتا۔چار پانچ قاعدوں پر طبع آزمائی کرنے کے بعد طالب علم چونگی کا محرر یا ڈپو کا ملازم یا عرضی نویس بننے کے قابل ہو جاتا۔ماسٹر برکت علی کا مکان کے باہر والے کمرے کے دروازے پر پہلے چاک سے اور پھر کوئلے سے ''انگریزی کالج'' لکھا ہوا تھا حالانکہ وہاں الف سے آم بے سے بلی بھی اتنی ہی شدت سے پڑھا جاتا تھا۔ جتنا سی۔اے ٹی کیٹ۔درجن بھر کے قریب طالب علم یہاں ہمیشہ رہتے تھے اور جب چھٹیوں میں شہر جا کر پڑھنے والے طالب علم گاؤں آتے تو والدین کو بھی عارضی طور پر ماسٹر برکت علی کا شاگرد بنا دیتے تھے تا کہ اُن کی کمزور انگلش درست ہو سکے۔فیس اور شاگردانہ خدمات سے اُس کا گزارہ اچھا چل جاتا تھا۔

ماسٹر برکت علی چھریرے جسم کا لمبا آدمی تھا۔عمر چھتیس سال۔لمبوترا سا دبلا چہرہ جس کے رخساروں کی جگہ دو نمایاں گڈھے قبل از وقت آنے والی جھریوں کو ہضم کر رہے تھے۔اونچی شفاف پیشانی کے نیچے دو ذہین آنکھیں۔شفقت بھری مسکراہٹ سے لبریز رہتی تھیں۔آنکھوں کے باہر کونوں میں سورج کی شعاعوں کی مانند باریک سلوٹیں تھیں جو ہنستے وقت بڑی نمایاں ہو جاتی تھیں۔سیدھی ستواں ناک، پتلے ہونٹ اور بشاش چہرہ۔سر پر خاکی کلاہ کے گرد سفید ململ کی پگڑی،

جس کا شملہ کلف کی مقدار کے مطابق رکوع و سجود کرتا رہتا تھا۔ دھاری دار قمیص اور ڈھیلی سی شلوار کے نیچے دھول سے اٹے ہوئے بوٹ جن کے کھلے ہوئے جبڑوں کو تہوار کے موقع پر تسمے سمیٹ لیتے۔ جو چند دنوں بعد اپنی موت آپ مرجاتے اور پھر برساتی مینڈکوں کی طرح اگلے تہوار کو دوبارہ جنم لیتے۔

ماسٹر برکت علی لائق تو اتنا ہی تھا۔ جتنا الماری میں گرد جمی کتابوں کے ڈھیر والا آدمی ہوسکتا ہے۔ لیکن اس کی شرافت اور نیکی کا قصبہ بھر مداح تھا۔ وہ زندگی کی سیدھی سڑک پر چلتا آیا تھا۔ جس میں کبھی موڑ آیا تھا نہ کھڈ۔ جس کے قریب نہ کبھی رومان کے چشمے پھوٹے نہ جذبات کی دھوپ چھاؤں نے کبھی آنکھ مچولی کھیلی۔ نہ کبھی حالات کی کنکریاں چبھیں، نہ قسمت نے روڑے اٹکائے۔ ایک دفعہ شادی ہوئی تھی تو سات سال تک جیسے سفر بھول سا گیا تھا۔ بیوی بے اولاد مرگئی، تو چند روز کا ستانا سمجھ کر پھر سے زندگی کی ڈگر پر چل پڑا تھا۔ جب سے اس نے قصص الانبیا میں پڑھا تھا کہ قیامت کے روز بخشش کا سب سے آسان طریقہ خدا کے بندوں کی خدمت کرنا ہے، اُس روز سے اس نے عہد کرلیا تھا کہ اپنی زندگی اسکول کے لیے خصوصاً اور خدمت خلق کے لیے عموماً وقف کردیگا۔ تاکہ لوگوں کو سدھار سکے۔ اس لیے بیوی کی وفات کے سات سال بعد بھی اپنے آپ کو دوبارہ شادی پر آمادہ نہ کرسکا تھا۔ کیونکہ بیوی اس کے عہد میں حائل ہوتی۔ اس کے بعد تو وہ گھڑی کا پرزہ بن گیا تھا۔ زندگی ایک معمول کے مطابق گزر رہی تھی جیسے گاڑی اپنی پٹڑی سے بال برابر بھی ادھر اُدھر نہیں ہٹتی۔ روزانہ سب کی خیر صلا پوچھتا۔ بغیر تسموں کے بوٹ اتار کر شلوار گھٹنوں تک الٹالیتا اور خدمت خلق کے جذبے سے مجبور ہو کر کنوئیں کی چرخی پکڑ کر پانی بھرنے لگتا۔ گاؤں کی عورتوں کو ماسٹر کی شرافت پر پورا بھروسہ تھا۔ اسی لیے وہ بغیر کسی تکلیف کے پانی بھروالیتیں۔ وہ ڈول انڈیلتے وقت سوال جواب بھی کرتا تھا۔

’’کیوں جیناں۔ اب تو تمہارا گھر والا اس کلموہی کے گھر نہیں جاتا۔ میں نے سمجھایا تو بہت ہی تھا۔‘‘

’’نہیں بھائی اللہ تیرا بھلا کرے۔ میرا تو تو نے گھر بچالیا۔ جیناں گھڑا جمائے مجسم انکسار بن

جاتی۔"

"اب خرچہ نہ دے تو مجھے بتانا۔ لے اٹھا اپنا گھڑا۔" اور وہ ڈول کا باقی پانی اپنے پاؤں جوڑ کر اُن پر ڈال دیتا۔

"ماسی، شیرو نے شہر سے کوئی خط لکھایا نہیں؟ وہ ایک پاؤں سے دوسرے کی میل رگڑتا ہوا پوچھتا۔ اور ماسی گھڑا جھولتا چھوڑ کر ہاتھ ملنے لگتی۔

"نہ بچہ کوئی نہیں۔"

"فکر نہ کر۔ میں اگلے مہینے شہر جاؤں گا تو اچھی خبر لوں گا اس کی۔"

"اے بھلا ہو تیرا۔ میرے لال۔ ضرور جانا اور اس سے کہ....." اور گھڑا ابھر جاتا لیکن ماسی کے پیغامات جاری رہتے۔ حتیٰ کہ شادو اُس کا گھڑا اٹھا کر اپنا جما دیتی۔ ماسٹر برکت علی خاموشی سے پانی بھر دیتا۔ وہ جوان لڑکیوں سے بات چیت کا زیادہ قائل نہ تھا۔ لیکن جب گاگر اُٹھا کر اس سر پر رکھتا تو اجنبیت مٹانے کے ایک آدھ بات کر لیتا۔

"شادو بہن اب تو شرفو کانا سیٹیاں نہیں بجاتا۔"

اور شادو گاگر کے گلے میں ہاتھ ڈالتی ہوئی پلو منہ پر رکھ لیتی۔ "نہیں ویر جی تم نے اسے بالکل سیدھا کر دیا ہے۔"

اور ماسٹر برکت علی ان لوگوں کو بے نقط سناڈالتا جو گاؤں کی عورتوں کو ماں بہن نہ سمجھتے۔ اور پھر آسمان کی طرف منہ اُٹھا کر پکار اٹھتا۔ "بخشا میرے مولا۔ سب کی حیا قائم رکھ۔" عورتیں پانی لے جاتیں تو وہ لنگوٹ پہن کر نہانے لگتا۔ اور صابن ملتے ملتے گنگناتا۔ "میرے مولا بلالو مدینے مجھے۔" آٹے کی چکی پر بیٹھ کر سارا دن گپ لگانے والے چند مفت خورے بھی عین اسی وقت نہانے آن ٹپکتے۔ تاکہ ماسٹر برکت علی کے صابن اور تیل سے فائدہ اٹھا سکیں۔ نہانے کے بعد ماسٹر برکت علی گڑھے صاف کر کے پانی سے بھر دیتا تاکہ پرندے پانی پی سکیں اور خود واپس چلا جاتا۔

واپسی پر ماسٹر برکت علی راستے میں گھروں کو کبھی نہ بھولتا۔ بابا جلال سے اس کی بواسیر کے بارے میں ضرور پوچھتا۔ تیسرے چوتھے روز جیواں دائی کو اس کے لڑکوں کے نام چٹھی لکھ دیتا۔ منگنی شدہ لڑکیوں کے والدین سے گاہے بگاہے پوچھتا کہ لڑکی کے جہیز کے سلسلے میں اگر مدد کی ضرورت ہوتو اسے بتائیں۔ کنواری لڑکیوں کے والدین کو وہ تسلیاں دیتا کہ وہ اس کے ہوتے ہوئے رشتوں کی فکر نہ کریں۔ سردیوں میں رنگو کے دادا کے لیے کبھی کبھار چائے کا بنڈل ہی لے جاتا، تاکہ اس کی گرمی کا سامان رہے۔ کبھی کسی جگہ سر پھٹول ہو جاتا تو اپنا فرض سمجھ کر صلح کرا دیتا۔ چونکہ گذشتہ برسوں میں اکثر گھروں کا ایک آدھ بچہ اُس کا شاگرد تھا۔ اس لیے استاد کا روایتی احترام اس کی دخل اندازی کو ہمیشہ خوش آمدید میں تبدیل کر دیتا۔

اپنے اسکول میں ماسٹر برکت علی شاگردوں کا بہت خیال رکھتا، ہر ماہ فیس دینے کا وقت آتا تو وہ دو ایک شاگردوں کا بہت خیال رکھتا۔ روپے واپس دے دیتا۔ جا بیٹے جا۔ مجھ سے کیا پردہ۔ میں جانتا ہوں پچھلے مہینے تمہارا خرچ تنگ رہا، بچیوں سے البتہ فیس کبھی نہیں لی جاتی۔ کیونکہ لڑکی کسی ایک کی نہیں سارے گاؤں کی لڑکی ہوتی ہے۔

جمعہ کے روز بیواؤں سے متعلق مولوی صاحب کا وعظ سن کر ماسٹر برکت علی نکلا تو وہ اپنی غفلت پر استغفار پڑھ رہا تھا کہ زندگی کے اتنے سال ہاتھ سے نکل گئے۔ لیکن وہ کسی دکھیا بیوہ کا مداوا نہ بن سکا۔ برخلاف اس کے نہ معلوم اس نے کتنی بیوہ عورتوں کا دل دکھایا ہوگا۔ اس نے دل کو تسلی دینے کے لیے سوچا کہ پیشتر ازیں اُسے خدا کے نزدیک بیوہ کے درجہ کا بھی تو علم نہ تھا۔ اور وہ سر جھٹک کر پکار اٹھا۔

''توبہ اللہ میرے توبہ مجھے بخشنا'' اور پھر تھکی چال سے آگے چلتا گیا۔

گلی کے موڑ پر چند آوارہ بچے ایک کتے کی دم میں رسی باندھے تالیاں پیٹ رہے تھے، ماسٹر برکت علی نے اُنہیں ڈانٹا، کتے کو چھڑایا۔ اور جس لڑکے کے ہاتھ میں رسی تھی اسے کان سے پکڑ کرے چلانے لگا۔ لڑکا ایک ہاتھ سے کان چھڑانے کی کوشش میں ساتھ ساتھ اُچکتا چلا آ رہا تھا۔

''کیوں بے کس کا لڑکا ہے تو۔''

''سی......روئی......جی نوراں کا'' لڑکا کان کے درد میں مبالغہ کرتا بولا۔

''نوراں؟ کون سی نوراں؟......کہاں رہتے ہو تم؟''

'اوئی مر گیا......جی......اوئی......وہ ٹیلے پر'' اس کی آنکھ بند ہوئی جا رہی تھی۔

اور ماسٹر برکت علی کو خیال آیا کہ وہی نوراں ہے جس کا خاوند پچھلے سال ہیضہ سے مر گیا تھا۔ ماسٹر برکت علی اُس کے حالات سے بے خبر تھا۔ پھر بھی اُسے اتنا معلوم تھا کہ موت کے وقت متوفی کے جاننے والے نوراں کی غربت کا ذکر بڑے ہمدردانہ انداز میں کیا کرتے تھے۔

''کیا نام ہے تیرا؟''

''جی! غفورا''۔ ماسٹر برکت علی نے اُس کا کان چھوڑ دیا۔ اور سوال کرنے لگا۔ اُسے معلوم ہوا کہ غفورا کوئی کام نہیں کرتا۔ بلکہ گلیوں میں آوارہ پھرتا رہتا ہے۔ اور اس کی ماں محنت مزدوری کر کے گزارہ چلاتی ہے۔ ماسٹر برکت علی کی آنکھیں چمکنے لگیں۔ گھنٹہ بھر پہلے کا سنا ہوا وعظ اُس کے کانوں میں گونجنے لگا۔ بیوہ کی مدد کا بہترین طریقہ اُس کے آوارہ بچے کو سدھارنا تھا۔ اُس نے بڑے پیار سے بچے کو ساتھ آنے کو کہا اور گھر چلا۔

''لے غفورے پڑھ تو بھلا کیا لکھا ہے۔ میرے دروازے پر''

غفور نے شرما کر سر جھکا لیا۔

''جی میں پڑھا ہوا نہیں ہوں۔''

''اچھا۔ اچھا کوئی بات نہیں۔''

ماسٹر برکت علی خندہ پیشانی سے درگزر کرتا ہوا بولا۔

۔ کمرے میں جا کر اس نے بلیک بورڈ کی طرف اشارہ کیا۔ جس پر اردو کے لفظ لکھے ہوئے تھے۔ لیکن غفورا وہ بھی نہیں پڑھ سکتا تھا۔ ماسٹر نے ہنس کر ایک ہلکی سی چپت اس کے گال پر لگائی اور سر پر ہاتھ پھیرتا ہوا بولا۔ ''نالائق دس برس کی عمر میں اتنا بھی نہیں پڑھ سکتا'' پھر اس نے چاولوں کی

میٹھی پٹی اسے کھانے کو دی۔ اور جب لڑکا کچھ گھل مل گیا تو ماسٹر برکت علی نے اپنے باورچی خانے میں جا کر مونگ کی دال کا لفافہ خالی کیا اور پھاڑ کر ایک قائدے کا جز دان بنا ڈالا۔

''آ غفورے تجھے تصویریں دکھاؤں۔'' غفورا اب کافی بے تکلف ہو گیا تھا۔ وہ شوق سے ماسٹر کے قریب آن بیٹھا اور ماسٹر برکت علی اُسے آم۔ بلی، گدھے اور لنگور کی تصویریں دکھانے لگا۔

''یہ تصویریں لو گے۔'' اس نے پیار سے پوچھا۔ غفورے کی شرارتی ہنسی میں خواہش کروٹیں لے رہی تھی۔

''یہ لو......شاباش'' وہ اس کے سر پر ہاتھ پھیرتا ہوا بولا۔''

یہ گھر لے جاؤ۔

کل پھر آنا۔ یہاں اسکول میں تمہیں پڑھاؤں گا۔ جب یہ قاعدہ پڑھ چکو گے تو تمہیں اور قاعدہ دوں گا۔ جس میں اس سے بھی اچھی تصویریں ہوں گی۔ شاباش اب سیدھے گھر جاؤ۔ کل پھر آنا۔''

غفورے نے شیشے کے آبگینے کی طرح قاعدہ دونوں ہاتھوں میں مضبوطی سے پکڑ کر سینے سے چپکا لیا اور باہر نکل کر بھاگ اُٹھا۔ ماسٹر برکت علی دروازے میں کھڑا ہو کر مسکرا مسکرا کر دیکھتا رہا۔ اور جب وہ نظروں سے اوجھل ہو گیا تو واپس مڑتے ہوئے کانوں کو ہاتھ لگا کر بولا۔ ''بخشنا مجھے میرے مولا۔ میری یہ خدمت قبول کر۔''

دوسرے روز ماسٹر برکت علی لڑکوں کو پڑھا رہا تھا تو غفورے نے گلی میں اِدھر اُدھر گھومتے ہوئے تین چار مرتبہ خواہش مندانہ اندر جھانکا۔ لیکن جب ماسٹر برکت علی نے پیار سے بلایا تو بھاگ گیا۔

اس کے بعد دو دن تک غفورا نظر نہ آیا۔ ماسٹر برکت علی کو ایسا معلوم ہوا جیسے پل صراط سے گزرتے گزرتے اس سے جنت کا پاسپورٹ چھین کر ایک دم دوزخ میں دھکا دیا گیا ہو۔

''ارے بشیرے۔ جا ذرا غفورے ٹیلے والے کو بلا لا۔ اسکول بند ہونے پر اُس نے کہا۔ تھوڑی

دیر بعد بشیرا غفورے کا ہاتھ پکڑ کر تقریباً گھسیٹتا ہوا وہاں لایا اور جب ماسٹر نے اُسے چکارا تو وہ شرماتا لجاتا، جھجکتا اندر آ گیا۔ ماسٹر برکت علی نے اُسے اپنے داہنے بازو میں سمیٹ کر اپنے ساتھ لگالیا۔ اور تھوڑی انگلی سے اٹھاتے ہوئے بولا۔

"غفورے بچے تو آیا نہیں میرے پا؟"

غفورا شرما کر اِدھر اُدھر منہ پھیرنے لگا۔ مگر جب ماسٹر نے بہت اصرار کیا تو کہنے لگا۔ "بے بے کہتی تھی مت جایا کرو۔ ہمارے پاس فیس اور کتابوں کے پیسے نہیں ہیں۔"

"توبہ اللہ توبہ" پگڑی کے پلو سے آنکھیں پونچھ کر وہ رُندھے ہوئے گلے سے بولا۔ اور دروازہ میں جا کر زور سے ناک صاف کرنے لگا۔

ایک رومال میں تھوڑے ستو اور گڑ لے کر ماسٹر برکت علی نے غفورے کو اُنگلی سے لگایا۔ اور نوراں کے گھر کی طرف چل دیا۔ ماسٹر کو گھر میں آتا دیکھ کر نوراں کا منہ ایک دم کھلا رہ گیا۔ جیسے چیونٹی کے گھر ہاتھی آ جائے۔ ماسٹر برکت علی کہتا ہی رہا کہ کھڑے کھڑے بات کرلوں گا، لیکن نوراں نے چھپا چھپ چارپائی پر سے سرسوں کا ساگ جھاڑ گیا۔ اور دھوبی کا دھلا ہوا کھیس بچھا کر خود ذرا فاصلے پر سیڑھی پر بیٹھ گئی۔ دوپٹے کا پلو منہ میں پکڑ کر آدھا چہرہ اور ایک آنکھ ڈھک لی۔

دیکھو بہن جی۔" ماسٹر برکت علی نے گلا صاف کر کے کہنا شروع کیا۔" میں یہ نہیں پوچھنے آیا کہ غفورے کو سکول کیوں نہیں بھیجا۔ بلکہ یہ کہنا آیا ہوں کہ غفورا میرے سگے بھانجے کی طرح ہے۔ فیس کتابوں اور ہر ضرورت کا میں خود ذمہ دار ہوں۔ اس کا ابا ہوتا تو بات اور تھی۔"

ابا کا نام آتے ہی نوراں کے نتھنے پھڑک اٹھے۔ آنکھیں ڈبڈبا آئیں۔ آنسو پونچھنے میں پردہ ختم ہو گیا وہ خود تو چلا گیا مجھے ان مصیبتوں کے لیے چھوڑ گیا۔" اس کی آنکھوں میں جھڑی بندھ گئی۔"

"اللہ کی حکمت تو سمجھ میں نہیں آتی بی بی۔ لیکن تم کیوں فکر کرتی ہو۔ لڑکی کا تو سارا گاؤں ہی میکہ ہوتا ہے۔ ہم کس لیے بیٹھے ہیں۔ غفورے کا ابا اللہ بخشے میرا بھی جاننے والا تھا۔"

اور پھر نوراں خاوند کی موت، موت کے بعد عزیزوں کا برتاؤ اور موت سے چند روز پہلے کی

باتیں آنسوؤں کے اور ہچکیوں کے گھونٹ لے کر سناتی رہی اور ماسٹر برکت علی خدا رسول، حدیث، حکایتوں اور کہاوتوں سے اس کو تسلیاں دیتا رہا، بالآخر جب وہ اُٹھا تو نوراں مسرور تھی کہ خدا نے ایک فرشتہ اس کی مدد کو بھیج دیا ہے اور ماسٹر برکت علی مسرور تھا کہ اُس بیوہ کی مدد کرنے سے اُسکی عاقبت سدھر جائے گی۔ غفورے کے سر پر ہاتھ پھیرتے ہوئے اس نے ایک ٹھوکا دیا۔ اور پھر سیدھا مسجد میں جا کر سجدہ میں گر پڑا۔ اور رو رو کر خدا سے التجا کرتا رہا کہ وہ اُسے اُن کی سرپرستی میں ثابت قدم رکھے اور اس کے عوض روزِ قیامت کو بخش دے۔

چند ماہ کے عرصہ میں غفورا ماسٹر برکت علی کا شاگرد خاص بن گیا۔ چاک کا ڈبہ اور جھاڑن اس کی تحویل میں رہتا۔ ٹاٹ بچھانے، گتّے لپیٹنے اور بورڈ صاف کرنے کا ذمہ دار تھا۔ طالب علموں کے لیے پانی کا گھڑا بھرنا اس کا فرض تھا، ماسٹر برکت علی کو پیاس لگتی تو وہ غفورے کو آواز دیتا۔ کنوئیں کے ٹھنڈے پانی سے حقہ تازہ کرنے اور چلم بھرنے کا حق صرف غفورے کو حاصل تھا۔ وہ خود بھی بہت سمجھدار اور باتمیز بچہ بن گیا تھا۔ اور ساتھ ہی ساتھ الف آم۔ بے بلی۔ سے بڑھ کر وہ دو روٹی لائی ہے۔ کس نے کھائی ہے تک پہنچ چکا تھا۔ سیاہی میں لتھڑی ہوئی انگلیوں سے تختی پر سو تک گنتی بھی لکھ لیتا تھا۔ اور ٹین کی چیچک زدہ سلیٹ پر تھوک رگڑنے کے بعد بڑی بڑی رقوم جمع بھی کر لیتا تھا۔ ماسٹر کے گھر کے اندر والے آلے میں اس کے لیے چاولوں کی پٹی، ہمیشہ پڑی رہتی تھی۔ دوپہر کا کھانا وہ ماسٹر کے ساتھ کھاتا اور جب ماسٹر بال کٹواتا تو غفورے کے سر پر بھی چٹیل میدان بن جاتا۔ جس پر وہ آم کی گھٹلی رگڑ کر خوب چمکا لیتا۔

اپنے گھر میں غفورا کافی سکھی تھا کیونکہ ہر مہینے ماسٹر برکت علی فیس اکٹھی ہوتے ہی شام کو چپکے سے جا کر نوراں کو کچھ روپے دے آتا فصل کے موقع پر جب لوگ دانے وغیرہ اسے لا کے دیتے تو کئی روز تک غفورا چھوٹے چھوٹے تھیلے بھر کر لے جاتا رہتا۔ تہوار کے موقع پر غفورے کو نئے کپڑے ملتے اور نوراں کے یہاں گڑ شکر، چنے اور دالوں کی پوٹلیاں پہنچ جاتیں۔ ماسٹر برکت علی بھی گاہے گاہے نوراں کے گھر جا کر روز مرہ کے حالات سنوارتا رہتا اور نوراں پُرنم آنکھوں سے

دعائیں دیتی دیتی بجھ جاتی۔ ماسٹر برکت اس کے گھر سے نکلتا تو پکار اٹھتا۔

''بخشنا مجھے میرے مولا۔''

اب ماسٹر برکت علی کو نماز میں زیادہ مزہ آنے لگا تھا۔ صبح کھڑکی میں بیٹھ کر وہ قرآن پاک کی تلاوت کرتا تو جھوم جھوم جاتا۔ وعظ میں مولوی صاحب اگر روزِ حشر اور اگلے جہان کا ذکر کرتے یا سزا اور جزاء کے متعلق خدا اور بندے کا خود ساختہ مکالمہ پیش کرتے تو ایک اطمینان بخش مسکراہٹ ماسٹر کے ہونٹوں پر کھیلتی رہتی۔ جیسے کوئی بیوپاری مال کی قیمت پیشگی ادا کرنے کے بعد مطمئن سا نظر آئے۔ اُس نے فیصلہ کر لیا تھا کہ اب وہ شادی بالکل نہیں کرے گا بلکہ اخراجات میں سے چار پانچ سال بچت کرنے کے بعد وہ حج کو جائے گا اور اس عزم کو تازہ رکھنے کے لیے اس نے اپنے کمرے میں رسول کریم کے روضۂ مبارک کی خوبصورت سی تصویر لگا دی۔ جسے دیکھ کر وہ اپنے پروگرام کی کامیابی کے لیے دعائیں مانگا کرتا ساتھ ہی ساتھ بچت کرنے کے لیے وہ اپنے رہن سہن میں بھی انتہائی کفایت شعار ہو گیا۔

ایک روز ماسٹر برکت علی شام کے وقت نوراں کے گھر سے نکلا تو گلی میں کوئی زور سے کھنکارا۔ ماسٹر نے مڑ کر دیکھا تو شرفو کانا سامنے بیری کے درخت کے نیچے کھڑا مسکرا رہا تھا۔

''سلاما لیکم! ماسٹر جی۔''

اس کی آواز میں شرارت ہمک رہی تھی۔

''وعلیکم السلام! سنا بھئی شرفو کیا ہو رہا ہے۔''

ماسٹر صاحب نے خوش خلقی سے کام لیا۔

بس بادشاہو۔ مولا کی دنیا کا رنگ دیکھ رہا ہوں۔ اس نے طنز آمیز لہجے میں کہا اور ماسٹر برکت علی کچھ نہ سمجھتے ہوئے دل ہی دل میں اس کی چلبلی طبیعت سے لطف اندوز ہوتا چلا آیا۔

چند روز بعد ماسٹر برکت علی شہر جانے کے لیے لاری کے اڈے پر پہنچا تو وہاں منشی کے پاس شرفو کانا، وغیرہ بیٹھے تھے دور سے ماسٹر کو آتے دیکھ کر انہوں نے ایک دوسرے کو کھیاں ماریں اور شرفو

کانا تالی بجا کر گانے لگا۔ یاریاں لائیاں نیں۔ اسی توڑ نبھاؤ گے۔ ماسٹر برکت علی کے پہنچتے پہنچتے بس آ گئی اور وہ جلدی سے ٹکٹ خریدتے ہوئے اس کی طرف لپکا۔ عجلت میں اُسے ایسا محسوس ہوا جیسے منشی نے کوئی بات زیرلب کہی اور باقی سب قہقہہ لگا کر ہنسنے لگے۔ وہ مڑا لیکن کنڈکٹر بولا۔

''شتابی، شتابی آؤ۔'' ماسٹر جی دیر ہو رہی ہے؟

اور وہ لپک کر بس میں جا چڑھا۔

اگلے دن شہر سے واپس آتے ہوئے وہ بازار سے گزرا تو بشیر سبزی فروش کی دوکان پر بلو کھڑا مولیاں کھا رہا تھا۔ اس نے آہستہ آہستہ کوئی بات بشیر کے کان میں کہی اور وہ دونوں غور سے ماسٹر کی طرف دیکھنے لگے۔

جمعہ کے روز ماسٹر برکت علی نہا دھو کر مسجد کی طرف چلا۔ راستے میں آٹے کی چکی پر شرفو کانا اپنے بےفکر دوستوں کے چکر میں لہک لہک کر گا رہا تھا۔ اور باقی سب تالیوں پر تالیاں بجا رہے تھے۔ ماسٹر کو دیکھ کر بالکل خاموشی چھا گئی۔ وہ اسے معمول کے مطابق احترام سمجھتا ہوا تمکنت سے آگے گزر گیا۔ لیکن ابھی دس قدم ہی گیا ہوگا کہ شرفو کانا سینے پر ہاتھ رکھ کر چلایا۔ ''ہائے میرا دل گیا'' کسی نے منہ میں انگلی ڈال کر زور سے سیٹی بجائی۔ کوئی زبردستی مصنوعی کھانسی کھانسا اور کوئی پکارا۔ ہائے میرے رانجھے۔'' اور پھر ایک طویل قہقہہ برس پڑا۔ ماسٹر برکت علی اسے لڑکوں کا باہمی مذاق اور پھکو پن سمجھتے ہوئے آگے نکل گیا۔

دو تین روز گزر گئے۔ ماسٹر برکت علی چارپائی پر لیٹا حقے کے کش لگا رہا تھا۔ اتنے میں غفورا روتا روتا سکول واپس آ پہنچا۔

''مجھے شرفو نے مارا ہے۔''

وہ ہچکیاں لیتا ہوا بولا۔

''ارے!'' ماسٹر برکت علی اٹھ کر بیٹھ گیا۔ ''کیوں مارا، میرے بچے کو اُن نے؟'' اور اسے پاس بٹھاتے ہوئے پوچھنے لگا۔

’’وہ کہتا تھا......اوں......اوں......تلاشی دو۔‘‘

’’تلاشی؟‘‘ ماسٹر حیران رہ گیا۔

’’کیسی تلاشی؟‘‘

’’ہاں......کھول کھول......وہ کہتا تھا تیرے ماسٹر نے......اوں......تیری ماں کے نام پیغام کا رقعہ بھیجا ہوگا۔!!‘‘

ماسٹر برکت علی ایسے تڑپا گویا اس کا ہاتھ بجلی پر جا پڑا ہے۔ اور پھر وہ ایک دم سن سا ہو کر رہ گیا پتھر کے بُت کی طرح وہ چارپائی پر سیدھا بیٹھ گیا۔ پھٹی پھٹی آنکھیں ایسے پھیل گئیں جیسے جنگل کا ایک وحشی شیش محل میں آن پہنچا ہو۔ اور ان آنکھوں سے اُس نے شرفو اکانا کی گذشتہ دنوں کی مسکراہٹ کو ایک نئے انداز میں دیکھا۔ اور پھر اس مسکراہٹ کے پیچھے چھپا ہوا ذلت اور بدنامی کا ایک سیلاب پھنکارا اور غفورے کو گھسیٹتا ہوا بازار کی طرف لپکا جہاں شرفو دہی والی کی دوکان پر لسی پی رہا تھا۔

’’کیوں شرفو تو نے اس بچے سے کیا کہا ہے۔‘‘ بڑی مشکل سے اس نے اپنے آپ پر قابو پاتے ہوئے کہا۔

شرفو کی آنکھ بھی پھڑک اٹھی اس نے معنی خیز نظروں سے دوکان دار کی طرف دیکھا اور پھر بے شرمی سے ہنس پڑا ’’ہی ہی ہی۔ ماسٹر جی کیوں فکر کرتے ہو تم۔ وہ تو ذرا شغل کیا تھا۔ تم اپنا کام جاری رکھو، مولانے مال دیا ہے......خوب عیش کرو۔ ہاہاہا!!!

وہ ہنسنے لگا لیکن قہقہہ ختم ہونے سے پہلے ہی ماسٹر برکت علی گھونسوں اور ٹھڈوں سے اس پر ٹوٹ پڑا۔ حرامزادے، جھوٹے، کذاب، کمینے، لفنگے، بے ایمان، وہ بارود کی طرح پھٹ پڑا۔ دونوں آپس میں گتھم گتھا ہو گئے۔

دہی والا دوکان دار تڑاپ سے نیچے کود پڑا۔ دوسرے دوکان دار ترازو ہاتھ میں لیے گردنیں کھینچ کر دیکھنے لگے۔ راہ گیر اور گاہک اِدھر اُدھر سے بھاگ کر اکٹھے ہونے لگے۔ اور دونوں کو کھینچ

کر علاحدہ کیا۔ شرفو کانا نہایت غلیظ گالیاں بکتا ہوا بھاگنے کی کوشش کر رہا تھا۔ ماسٹر برکت علی ہمک ہمک کر آگے بڑھنا چاہتا تھا۔ اور بار بار کہہ رہا تھا کہ:

''مجھے فتنہ پرداز کو مزہ چکھانے دو۔''

ماسٹر برکت علی کا احترام لوگوں میں دلوں میں لکھا ہوا تھا۔ لڑائی کی وجہ معلوم کیے بغیر انہوں نے شرفو کانا پر لعن طعن شروع کر دیا۔ جس نے ماسٹر برکت علی جیسے شریف آدمی پر ہاتھ اٹھایا تھا۔ کسی نے پوچھا ''بات کیا ہوئی'' تو ماسٹر پھر آپے سے باہر ہو گیا۔ یہ کمینہ مجھ پر بہتان تراشتا ہے میں اسے ٹھیک کر دوں گا۔''

''منہ دھو کر آؤ ماسٹر، شرفو ڈھیلے لہجے میں بولا۔'' یا مجھے ٹھیک کرنے والا۔ میں بہتان باندھتا ہوں یا تیری قلعی کھولتا ہوں'' اور پھر شرفو نے گندی گندی گالیاں دیتے ہوئے۔ اپنی ایک آنکھ نچا نچا کر بلند آواز میں لوگوں کو بتایا کہ ماسٹر برکت علی نے چھپ کر نوراں سے ناجائز تعلقات قائم کر رکھے ہیں وہ شرفو کو دبانا چاہتا ہے تا کہ بات باہر نہ نکلے۔

لوگ اک دم خاموش ہو گئے چند ایک نے فوراً یقین کر لیا۔ چند ایک ماسٹر برکت علی کے متعلق اس قسم کی چیز سوچنے تک کو گناہ سمجھتے تھے۔ بعض ایسے بھی تھے جو اس کی تائید یا تردید کیے بغیر اس الزام میں دلچسپی لینے لگے۔

''یہ سب بکواس ہے۔'' ماسٹر برکت علی چلایا۔ مجمع ایک دم ہوش میں آ گیا۔ بھنبھناہٹ کی ایک لہر اٹھنے لگی۔

''ماسٹر برکت علی ایسا آدمی نہیں شرفو۔'' ڈاک خانے کے بابو نے کہا۔ ''جیسا تمہارا اپنا دماغ ہے۔ ویسا ہی دوسروں کے متعلق سوچتے ہو۔''

''حد ہو گئی بابو جی۔'' شرفو تڑپ کر بولا۔ ''میرے ساتھ ابھی چلو مسجد میں قرآن اٹھانے کو تیار ہوں کہ میں خود نوراں اور ماسٹر برکت علی کو بغل گیر ہوتے دیکھا ہے۔'' وہ اپنی بات اوپر رکھنے کے لیے جھوٹی قسم پر اتر آیا۔

قسم کا دعویٰ سن کر کئی اور لوگ شرفو کی بات پر ایمان لے آئے۔ ماسٹر برکت علی گولی کی طرح لپکا۔ لیکن لوگوں نے اسے ہٹالیا۔ اور پھر دو چار آدمی پکڑ کر اسے گھر کی طرف لے چلے۔ سارا راستہ ماسٹر برکت علی انہیں یقین دلاتا رہا کہ شرفو بالکل جھوٹ بولتا ہے۔ اور وہ بھی ماسٹر کے ساتھ متفق تھے۔ گھر جا کر ماسٹر چارپائی پر لیٹا سوچ رہا تھا کہ شام تک شرفو کو ہر طرف سے لعن طعن ہو جائے گی۔ اور لوگ ماسٹر کی نیت جانتے ہوئے اس پر شبہ نہیں کریں گے۔ کیونکہ شرفو کانا تین سال جیل میں کاٹ آیا تھا۔ اور ایسے آدمی کی بات ماسٹر برکت علی کے مقابلے میں کہاں مانی جائے گی۔ اس نے کروٹ بدل کر بظاہر بڑے اطمینان سے سونے کی کوشش کی۔

ماسٹر برکت علی تو واپس آ گیا تھا۔ لیکن اس انکشاف کی نوعیت نے ایک گوند کی طرح لوگوں کو بازار کے فرش پر چپکائے رکھا۔ اکثر لوگ ماسٹر کی نیکی پر شبہ نہیں کرتے تھے، چند ایک کہتے تھے کہ شرفو کو جھوٹ بولنے کی کیا ضرورت ہے۔ بعض کا خیال تھا کہ شرفو نے محض ایک بات کی ہے۔ باقی اللہ بہتر جانتا ہے۔ کسی نے کہا کہ ماسٹر برکت علی فصل کے موقع پر نوراں کو دانے بھجواتا ہے۔ تو آخری گروہ کے چند لوگ شرفو کی بات پر ایمان لے آئے۔ کوئی بولا ''سنا ہے ماسٹر برکت علی نوراں کو ماہوار بھی کچھ دیتا ہے۔'' تو چند اور لوگ بھی ماسٹر کو شرفو کے زاویئے سے دیکھنے لگے۔

ہر گھڑی گزرنے پر ماسٹر کے حامیوں میں کمی ہوتی گئی۔ کیونکہ باہم تبادلہ خیال سے یہ ثابت ہو گیا کہ ماسٹر برکت علی دانے، فیس اور دوسری چیزیں نوراں کو بھجواتا ہے۔ ماہوار روپے دیتا ہے۔ اور اس کے بچے کو اسکول میں لاڈ سے رکھتا ہے۔ رائے عامہ یا تو ہلتی ہی نہیں۔ لیکن جب ہلتی ہے تو چھلانگیں مارتی چلی جاتی ہے۔ چنانچہ یہ ثبوت مضبوط سیڑھیاں تھیں جن پر چڑھ کر کئی لوگوں کے تخیل سے نوراں کے گھر میں سارے کمروں کو ماسٹر برکت علی کے دیئے ہوئے دانوں سے بھرے دیکھا۔ کئی ایک کو الہامی انداز میں پتہ چل گیا تھا کہ فلاں وقت ماسٹر برکت علی فلاں سمت کس مقصد سے جا رہا تھا۔ اکثر لوگوں پر فوراً واضح ہو گیا کہ برکت علی کی کفایت شعاری کی اصل وجہ کیا ہے۔ ماسٹر کے شادی نہ کرنے کا راز بھی سمجھ میں آ گیا۔ کیونکہ بشیر گھوسی کا خیال تھا کہ جس آدمی کو

پینے کو دودھ مل جائے۔ اسے بھینس پالنے کی کیا ضرورت ہے۔ اور منفی جنسی اقدار کے محدب شیشے میں سے جب لوگوں نے عادتاً جھانکا۔ تو یہ ثبوت ہر لحظہ بڑے ہی بڑے ہوتے گئے۔ حتیٰ کہ اصل ماسٹر برکت علی ان کے نیچے دب گیا۔

شام تک بازار میں یہ موضوع زیرِ بحث رہا۔ لاریوں کے اڈے پر چکی والے کے ترازو کے پاس دہی والے کی دوکان کے سامنے ٹوٹے ہوئے بنچوں پر...... چوراہے میں بوہڑ کے درخت تلے چلتے ملاقاتیوں نے تازہ ترین اطلاعات کا تبادلہ کیا...... خاوندوں نے بچوں کی غیر موجودگی میں اپنی بیویوں کو بتایا...... بیوی نے ساگ چیرتے ہوئے اپنی سہیلیوں سے کہا...... دوسرے دن بھنگنیں ایک گھر والوں کی رائے دوسرے گھر لے گئیں...... کنواری لڑکیوں نے دبی گھٹی ہنسی اور آنکھوں کے اشاروں سے تبصرے کیے...... جوان لڑکوں کے تخیل نے ماسٹر اور نوراں کے تعلقات کے پردے پر پوری فلم دیکھ ڈالی...... بوڑھوں نے توبہ اور استغفار کے ساتھ اس قصہ میں مرتب قیامت کے آثار دیکھے اور گھر جا کر اپنی جوان اولادوں کو کڑی نظر سے گھورا۔

ماسٹر برکت علی اپنے کمرے کا دروازہ کھولے چارپائی پر لیٹا حقہ پیتا رہا۔ اِکا دُکا لوگ ادھر سے گزرتے۔ مسٹر برکت علی الف سے ے تک سارا قصہ سنا کر اپنی معصومیت ثابت کرنے کی کوشش کرتا۔ لوگ کوئی فیصلہ دیئے بغیر کھسکنے کی کوشش کرتے۔

دوسرے دن مدرسے میں چھٹی تھی۔ ماسٹر برکت علی بازار میں نکلا۔ وہ لوگوں کے پاس جا جا کر اپنی بے گناہی کا یقین دلاتا۔ لوگ خاموشی سے سنتے رہتے۔ کوئی ہوں ہاں کر دیتا۔ لیکن زیادہ تسلی نہ دیتے۔ ماسٹر زیادہ جوشیلا ہوتا گیا۔ اس کے دلائل میں سرسری پیدا ہوتی گئی۔ اور آواز بلند ہوتی گئی۔ وہ ایک گروہ سے ہٹ کر دوسرے گروہ کے پاس جاتا لیکن وہ بات کرتا تو لوگ زیرِ لب مسکرانے لگتے ایک دوسرے کو ننکھیوں سے دیکھتے اور لاتعلق سے ہو کے اِدھر اُدھر کھسکنے کی کوشش کرتے۔

ماسٹر برکت علی بڑا حیران ہوا۔ بالآخر کسی نے اسے بتایا کہ لوگوں کا خیال ہے کہ وہ جھوٹا ہے۔

کبھی اتنی شدت سے اپنے آپ کو معصوم ظاہر کر رہا ہے۔ ماسٹر برکت علی کا خون کھولنے لگا۔ لیکن ماتھے پر ٹھنڈے پسینے آ گئے۔ چکی کے پاس لوگوں کا گروہ کھڑا تھا۔ اُس نے وہاں جا کر نہایت جوش سے کہنا شروع کیا کہ شرفو فتنہ پرداز ہے۔ وہ خود بالکل معصوم ہے۔ نوراں سے اس کا تعلق نہیں۔ کبھی کبھارا سے بیوہ سمجھ کر اور خدا کا حکم جان کر وہ اس کی مدد کرتا ہے۔ لیکن لوگ اس دلیل پر ہنسنے لگے۔ انہوں نے ایک دوسرے کو ٹھوکے دیے۔ اور معنی خیز نظروں سے ایک دوسرے کو دیکھا۔

ماسٹر برکت علی کی رگ رگ صدمے سے نڈھال ہو گئی۔ وہ جانتا تھا کہ گاؤں کی فضا میں اس قسم کی بدنامی اس کی قطرہ قطرہ جوڑی ہوئی عزت کو ایک ہی دفعہ مٹا دے گی۔ گھر جا کر وہ چادر میں منہ لپیٹ کر باقی سارا دن اور ساری رات بھنتے ہوئے کباب کی طرح کروٹیں لیتا رہا۔

صبح مسجد میں جب جماعت کھڑی ہونے لگی تو امام صاحب نے ماسٹر برکت علی کے بجائے ایک دوسرے آدمی سے کہا۔ ''چلو شاہ جی تکبیر پڑھو۔'' اور وہ تکبیر پڑھنے لگا۔ ماسٹر کا نماز میں بھی دل نہ لگا۔ وہ جلدی لوٹ آیا۔ واپسی پر جب قرآن کی تلاوت کرنے لگا تو حروف اس کی آنکھوں کے سامنے ناچنے لگے۔ پھر غائب ہو جاتے اور آواز ٹوٹ جاتی اور پڑھتے پڑھتے اسے یک لخت محسوس ہوتا کہ اس کا دھیان قرآن کی سطروں کے بجائے پرسوں والے واقعہ میں جکڑا ہوا ہے۔

تھوڑی دیر بعد جب سکول کھلا تو صرف لڑکے حاضر تھے۔ بچیاں سب غائب تھیں وہ اسے اتفاق سمجھ کر خاموش ہو رہا۔

رات کو عشاء کی نماز میں سنتے پڑھتے وقت اس نے دیکھا اس کے دونوں طرف دو گز جگہ خالی ہے اور لوگ پرے ہٹ کر نماز پڑھ رہے ہیں۔

صبح مسواک کرتے وقت اس نے گزرنے والی ایک بوڑھی سے پوچھا۔ ماسی کدھر چلی سویرے سویرے۔'' تو ماسی جواب دیے بغیر کندھا دباتی آتے کو چلی گئی۔ وہ کنویں پر گیا تو ماسی آدھا بھرا گھڑا اٹھا کر کھسک گئی۔ شادو اپنی گاگر وہیں چھوڑ کر کہیں ٹل گئی۔ لیکن جب ماسٹر زبردستی جیناں کا گھڑا بھرنے لگا تو وہ نیچی نگاہ کیے خاموشی سے ایک طرف کھڑی رہی پھر گھڑا اُٹھا کر ایک

طرف چپکے سے چل دی۔ اور ماسٹر برکت علی نے دیکھا تھوڑی دور جا کر بوہڑ کی درخت کی اوٹ میں اس نے پانی زمین پر انڈیل دیا اور خالی گھڑا اٹھائے واپس چلی گئی۔

گھر کی طرف واپسی پر ماسٹر نے دور سے دیکھا کہ رنگو کا داداد ہلیز پر بیٹھا سوٹی پی رہا تھا۔ لیکن جب وہ قدرے نزدیک پہنچا تو بوڑھا انجان بن کر اندر چلا گیا۔

راستے میں اس نے دو ایک راہ گیروں سے بات کی تو وہ گفتگو بڑھانے کی بجائے ختم کرنے کی کوشش کرتے اور پھر جلدی سے کھسک جاتے۔ دن چڑھا تو سکول میں صرف چند شاگرد آئے انہوں نے بتایا کہ باقی سب کو والدین نے اسکول جانے سے منع کر دیا ہے۔

ماسٹر برکت علی کمرے کا دروازہ بند کر کے چارپائی پر منہ لپیٹ کر پڑا رہا۔ اس کے کان جلتے رہے دماغ میں چکیاں چلتی رہیں۔ پپوٹے پھڑکتے رہے۔ دل ڈوبتا رہا۔ ماتھا کبھی بھٹی بن جاتا کبھی برف کی سل۔

ظہر کی نماز کے بعد اس نے مولوی صاحب سے فریاد کی اور بتایا کہ وہ بالکل نیک نیتی سے اُن کے فرمان کے مطابق ایک بیوہ سمجھ کر نوراں کی مدد کرتا رہا۔ وہ بار بار کہتا رہا، ''مولوی صاحب میں بالکل بے قصور ہوں''۔ مولوی صاحب لاتعلق سے ہو کر داڑھی پر ہاتھ پھیرتے رہے۔ اور پھر واپس مڑتے ہوئے کہنے لگے۔ ''نیت کا حال تو قادر مطلق ہی جانتا ہے۔ لیکن جب سب لوگ ایک بات کہہ رہے ہیں تو کچھ بات تو ہوگی۔''

اور ماسٹر برکت علی کو ایسے محسوس ہوا کہ جیسے اس کے رگ و پے سے آنسوؤں کا سیلاب پھوٹ پڑے گا۔ لیکن اس کی آنکھیں خشک ہی رہیں۔ اور بجائے آنسوؤں کے اُن میں انگارے دہکنے لگے۔ کنپٹیوں پر جیسے کسی نے دھمادھم ہتھوڑے مارنے شروع کر دیئے۔ بڑی آہستگی سے وہ اپنے جسم کو گھسیٹ کر اٹھا۔ ہاتھوں سے ٹٹول کر جوتی اٹھائی اور ہارے ہوئے جواری کی طرح تھکے تھکے قدموں سے واپس چلا آیا۔ اس کے جسم کا سارا رس جیسے نچڑ سا گیا ہو۔

ماسٹر برکت علی بند کمرے میں چارپائی پر لوٹتا رہا۔ کبھی پاؤں اٹھا کر دھمادھم ادوائن پر مارنے لگتا۔ کبھی سر پکڑ کر بیٹھ جاتا۔ پھر اٹھ کر کمرے میں ٹہلنے لگتا۔ کھڑکی میں کھڑا ہو جاتا۔ لیکن گلی میں

کسی کے آنے کی آواز سن کر منہ چھپانے کو واپس بھاگتا۔ وہ کافی دیر رسول اکرم کے روضۂ مبارک کی تصویر کو ٹکٹکی باندھے دیکھتا رہا۔ حتیٰ کہ وہ آہستہ آہستہ کانپنے لگی۔ کمرے کی دیواریں ہولے ہولے گھوم سی گئیں اور پھر ماسٹر برکت علی ایک دم بلک بلک کر رو دیا۔

شام کے وقت ماسٹر برکت علی کو بڑے زور کا بخار آنے لگا۔ تھوڑی دیر بعد اس پر ہذیان کی کیفیت طاری ہوگئی۔

اسی شام نوراں نے فیصلہ کیا کہ وہ گاؤں چھوڑ کر چلی جائے گی۔ کیونکہ اسے مزدوری ملنا بند ہوگئی تھی اور تمام گھروں نے اس کے داخلے کی ممانعت کر دی تھی۔ وہ جہاں جاتی عورتیں اشاروں میں باتیں کرتیں اور ان کی چبھتی ہوئی نظریں اس کے جسم کو چھید ڈالتیں۔ دوسرے دن صبح سویرے جب وہ گاؤں سے نکلنے لگی تو اس نے سوچا ماسٹر برکت علی سے ملتی چلے۔ اس کے مکان پر پہنچ کر غفورے نے دروازے کو ہاتھ لگایا تو وہ کتاب کے ورق کی طرح آسانی سے کھل گیا۔ نوراں غفورا اندر چلے گئے۔

اندر کمرے میں صبح کا دھندلکا چھایا ہوگا تھا۔ اس روشن اندھیرے میں نوراں نے دیکھا کہ چارپائی پر ماسٹر برکت علی مرا پڑا تھا۔

چند ماہ بعد زکوٰۃ کا مہینہ پھر آ گیا۔ مولوی صاحب مسجد میں کھڑے وعظ کر رہے تھے۔
''دکھیا اور بے سہارا بیوہ کی ایک آہ ساتویں آسمان میں سوراخ کر دیتی ہے۔ ایسی بیوہ کی مدد کرنے والا سیدھا جنت میں جاتا ہے۔ اگر دین و دنیا کی عزت چاہیے تو بیواؤں کی مدد کرو......''

☆☆

نند کشور وکرم

طولِ شبِ فراق

کسی شکست کی طرح گردن جھکائے آہستہ آہستہ سیڑھیاں طے کرتا ہوا وہ اپنے کمرے کی جانب جا رہا تھا۔ اس وقت وہ معمول سے زیادہ پریشان اور غمگین نظر آ رہا تھا۔ اس کے خشک اور منتشر بالوں نے اس کا حلیہ مزید بگاڑ رکھا تھا۔ ایسا جان پڑتا تھا جیسے وہ اپنی زندگی کا تمام اثاثہ لٹا چکا ہو یا کسی دور دراز واقع مرگھٹ سے اپنی کسی عزیز ترین ہستی کو نذرِ آتش کرنے کے بعد لوٹ رہا ہو۔ اسے اس طرح مغموم اور اداس دیکھ کر فوراً اٹھ کھڑا ہوا اور لمبے لمبے ڈگ بھرتا اس کی جانب چل پڑا۔ جب میں اس کے قریب پہنچا تو پیچھے سے آواز دی۔

''ہاتو یاما''

لیکن ہاتو یاما پر میری آواز کا کوئی اثر نہ ہوا اور وہ پہلے کی طرح ہی آہستہ آہستہ لنگڑاتا ہوا اپنے کمرے کی طرف بڑھتا رہا۔ اس پر میں دوبارہ چیخ اٹھا۔

''ہاتو یاما''

اس بار اس نے چونک کے پیچھے کی جانب دیکھا اور مجھے دیکھتے ہی اس کے پژمردہ اور غمگین چہرے پر خود بخود ہی پھیکی سی مسکراہٹ کی لہر دوڑ گئی اور بولا...... ''ہیلو۔ کب آئے؟''

''میں تو تین گھنٹے سے ویٹنگ روم میں بیٹھا تمہارا انتظار کر رہا تھا؟''

''اور معاف کرنا بھئی۔ میں اپنا وعدہ پورا نہ کر سکا۔ دراصل میں بھول ہی گیا تھا کہ میں نے تم سے کافی ہاؤس میں ملنے کا وعدہ کیا ہوا ہے۔'' پھر وہ مجھے بازو سے گھسیٹتے ہوئے کہنے لگا۔ ''اچھا آؤ اندر کمرے میں چل کر بیٹھیں'' اس نے یہ چند جملے اپنے مخصوص جاپانی لہجے والی انگریزی میں ادا کیے۔ اور پھر اپنی نیلی پتلون کی جیب میں سے چابی نکال کر اپنے کمرے کا دروازہ کھولنے لگا۔ اور

میں اس کے پریشان چہرے کا جائزہ لینے میں محو ہو گیا۔

اس میں شک نہیں کہ جب سے اس کی جوان وحسین بیوی جیتی اور بچہ ،ور یا ناگاسا کی میں ایٹم بم کی نذر ہوئے تھے تب سے اس کی دنیا ہی بدل گئی تھی۔ وہ اکثر کھویا کھویا سا رہتا تھا اور شراب اس نے کثرت سے پینی شروع کردی تھی اور گھنٹوں غم والم کے بحرِ عمیق میں غرقاب رہتا...... لیکن آج تو وہ معمول سے زیادہ پریشان اور غمگین دکھائی دے رہا تھا۔ اندر کمرے میں جا کر اس نے اپنے آپ کو پلنگ پر گرا دیا اور کئی لمحے تک وہ بے حس وحرکت آنکھیں بند کئے لیٹا رہا۔ اور میں اس عرصہ میں اس کے چہرے کے تاثرات سے اس کی اداسی اور پریشانی کو سمجھنے کی کوشش کرتا رہا۔ جب میری سمجھ میں کچھ نہ آیا تو میں اٹھ کر اس کے پاس ہی پلنگ پر جا کر بیٹھ گیا اور اس کے منتشر بالوں میں انگلیاں پھیرتے ہوئے پوچھنے لگا......

''کیا بات ہے ہاتو یاما؟''

ہاتو یاما نے میری بات کا کوئی جواب نہ دیا بلکہ وہ اسی طرح دیوار کی طرف پیٹھ کئے بے حس و حرکت لیٹا رہا۔ آخر اس کی مسلسل خاموشی سے اوب کر میں نے زبردستی اس کا چہرہ اپنی طرف پھیرا تو دنگ رہ گیا۔ اس کی آنکھوں سے آنسو دجلہ وفرات کی مانند بہہ رہے تھے۔ میں نے اس کی پُرنم آنکھوں اور چہرے کو صاف کرنے کے بعد ہمدردانہ لہجے میں پوچھا۔

''ہاتو یاما تم اتنے اداس کیوں ہو؟''

اس نے میری بات کا کوئی جواب نہ دیا۔ میں اس کی غیر معمولی اداسی سے دل ہی دل میں حیران و پریشان ہو رہا تھا۔ اس میں شک نہیں کہ وہ کئی مرتبہ کافی ہاؤس یا بار میں بیٹھے بیٹھے اداس ہو جاتا تھا اور اپنی بیوی اور بچے کی یاد سے بیقرار ہو کر کسی انجانی دنیا میں کھو جاتا تھا۔ مگر آج تو خلافِ معمول عام دنوں سے زیادہ اداس اور نڈھال نظر آ رہا تھا۔ میں ابھی اپنا سوال دوبارہ دہرانا ہی چاہتا تھا کہ آہستہ آہستہ کھڑے ہو کے اس نے الماری سے وہسکی کی بوتل نکالی اور پھر گلاس میں ڈال کر دھیرے دھیرے چسکیاں لینے لگا۔

میں یوں بھی کم پینے کا عادی ہوں لیکن آج اس کی پریشانی نے مجھے اتنا فکر مند بنا دیا تھا کہ اس

کا ساتھ دینے کو جی ہی نہیں چاہ رہا تھا۔ جب اس نے دو گلاسوں میں وہسکی ڈال کر ایک گلاس میری طرف بڑھایا تو نہ چاہتے ہوئے بھی چپ چاپ وہ گلاس اس کے ہاتھوں سے تھام لیا اور اس کا ساتھ دینے کے لئے دھیرے دھیرے چسکیاں بھرتے ہوئے تخیلات کی پرواز میں اس اولین ملاقات کے منظر میں کھو گیا، جب میں پہلی بار ہاتویاما سے ملا تھا......

ہاتویاما سے میری پہلی ملاقات فائن آرٹس گیلری میں ہوئی تھی جہاں میں عظیم روسی فنکار ورک کے قابل ستائش شاہکاروں کو دیکھنے میں منہمک تھا۔ جب میں دیوکارانی کے پورٹریٹ کے پاس پہنچا تو اس میں مجھے زندگی رقص کرتی ہوئی محسوس ہوئی اور میں کئی لمحے مجسمہ حیرت بنا اس منہ بولتی تصویر کے سامنے کھڑا رہا۔ اچانک میرے شانے پر کسی نے ہاتھ رکھ کر میرا نام پکارا۔ میں چونک سا پڑا۔ پیچھے مڑ کر دیکھا تو میرا دیرینہ آرٹسٹ دوست راجن مٹّل ایک جاپانی کے ساتھ کھڑا تھا۔ جب میں ان کی طرف مڑا تو راجن نے تعارف کراتے ہوئے کہا۔

''یہ ہیں میرے عزیز ترین بچپن کے ساتھی راکیش جنہیں میں پیار سے راکی پکارتا ہوں۔ یہ ماڈرن آرٹ کی دلدادہ ہیں اور ان کی کئی تخلیقات عوام سے خراج تحسین حاصل کر چکی ہیں'' اس کے بعد اس نے اس اجنبی جاپانی کا مجھ سے تعارف کرانا شروع کیا۔

''راکی۔ یہ جاپان کے مشہور مجسمہ ساز ہاتویاما ہیں۔ شاید تم نے آج کل ان کے بارے میں اخباروں میں پڑھا ہوگا۔ یہ یہاں بھارت سرکار کی دعوت پر گاندھی جی کا مجسمہ بنانے کے لئے تشریف لائے ہیں۔''

راجن کے تعارف کرانے پر مجھے یک لخت یاد آ گیا کہ ابھی پرسوں ہی میں نے اخباروں میں اس کے فوٹو کے ساتھ اس کی آمد کی خبر بھی پڑھی تھی۔ میں نے فوراً ہی اپنا ہاتھ مصافحہ کے لئے آگے بڑھا دیا اور کہا۔

''مجھے آپ سے مل کر انتہائی خوشی ہوئی۔''

''اور مجھے بھی'' اس نے رسماً انگریزی میں جواب دیا۔

اس کے بعد ہم گیلری میں تصویریں دیکھنے میں مصروف ہو گئے۔ اس سے فارغ ہونے کے

بعد ہم تینوں ''گے لارڈ'' چلے گئے جہاں ہم نے خوب پیٹ بھر کر ڈنر کھایا۔ اور پھر جب ہم وہاں سے اپنی اپنی قیام گاہوں کی طرف روانہ ہوئے تو مجھے ہاتویاما کے بارے میں کافی واقفیت حاصل ہو چکی تھی۔

سگریٹ کا ایک طویل کش کھینچ کر اس نے بتایا تھا کہ دوسری جنگ عظیم کے آغاز میں وہ نیویارک میں تھا اور اس کی رفیقہ حیات ناگاساکی میں۔ جب ہٹلر نے یورپ کے کئی ممالک کو تاخت و تاراج کر دیا تو اس کی بیوی جنگ کے بھڑکتے ہوئے شعلوں سے گھبرائی اور اسے جلد واپس آنے کے لئے لکھنے لگی۔ ان دنوں ہوائی اور سمندری دونوں ہی راستے خطرناک تھے۔ پھر بھی وہ اپنی جان پر کھیل کر نیویارک سے ناگاساکی پہنچ گیا کیونکہ اسے اپنی بیوی سے انتہائی پیار تھا۔ علاوہ ازیں وہ اپنے اکلوتے نوزائدہ بچے کو دیکھنے کے لئے بھی بے تاب تھا جس کی پیدائش اس کے نیویارک پہنچنے کے چند ماہ بعد ہوئی تھی۔

ناگاساکی پہنچ کر وہ خوشی خوشی اپنی بیوی اور بچے کے ساتھ زندگی گزارنے لگا...... لیکن پھر۔ پھر ایک دن ایٹم بم کے مہلک اور ہولناک دھماکے نے اس کی دنیائے مسرت اجاڑ کر رکھ دی۔ اس کی بیوی اور بچہ لقمہ اجل ہو گئے۔ وہ خود اس قیامت خیز حادثے سے بچ تو گیا مگر ہمیشہ ہمیشہ کے لئے لنگڑا بن کر رہ گیا۔ جنگ کے خاتمے کے بعد وہ سکون کی تلاش میں تمام روئے زمین کا چکر لگا آیا لیکن وہ اپنی عزیز بیوی اور لختِ جگر اور یا کو بھلا نہ سکا...... اور اب وہ بھارت سرکار کی دعوت پر گاندھی جی کا قدِ آدم مجسمہ بنانے کے لئے یہاں آیا ہوا تھا۔

آج سے پیشتر ایک بار کافی ہاؤس میں بھی جب وہ سگریٹ کے طویل کش کھینچ کر مرغولے بناتا کسی گہری سوچ میں کھویا ہوا تھا تو میں نے اس سے کہا تھا۔

''ہاتویاما اگر کہو تو ایک سوال پوچھوں؟''

''ہاں ہاں بڑے شوق سے۔''

میں سوچ میں پڑ گیا کہ بات کیسے اور کہاں سے شروع کروں۔ آخر چند ثانیے ایسے ہی تذبذب کے عالم میں رہنے کے بعد میں نے سوال کیا۔

’’کیا تم بتا سکتے ہوں کہ تمہاری بیوی اور بچے کی موت کیسے ہوئی ؟‘‘

وہ کچھ اداس سا ہو گیا اور اس کا اداس چہرہ دیکھ کر میں خود ہی پچھتانے لگا کہ میں نے اس سے ایسا سوال کیا ہی کیوں؟ ہاتو یاما کچھ دیر تو چپ چاپ تصویرِ غم بنا کسی گہری سوچ میں ڈوبا رہا۔ پھر اس نے اپنی جیب سے دوسرا سگریٹ نکالا اور اسے سلگا کر کانی ہاؤس کی چھت پر ٹکٹکی جمائے بولا......

’’شاید تم جانتے ہی ہو گے کہ جاپان کو شکست دینے کے لئے اتحادیوں نے ایٹم بم کا سہارا لیا تھا۔ اور اسی ایٹم بم نے ہیروشیما اور ناگاسا کی کو تباہ و برباد کر دیا تھا۔ ناگاسا کی پر بم پڑنے سے چند گھنٹے پیشتر میری بیوی نے مجھ سے کہا تھا کہ جنگ کے خاتمے کے بعد ہم ساری دنیا کا چکر لگائیں گے۔ آہ اس وقت کسے معلوم تھا کہ کل صبح ہونے سے پیشتر ہی موت کے ظالم ہاتھ اسے اپنے شکنجے میں جکڑ لیں گے۔ رات ہم اطمینان سے سوئے۔ اچانک مجھے ایک زبردست دھما کا سنائی دیا اور اس سے پہلے کہ میں آنکھ کھول کر حالات کا جائزہ لیتا، یک لخت مجھے اپنے اوپر پہاڑ ایسا وزن گرنے کا احساس ہوا اور درد و تکلیف سے میری چیخ نکل گئی۔ لیکن اس کے بعد مجھے قطعی ہوش نہیں۔ اس واقعہ سے تیسرے دن بعد جب مجھے ہوش آیا تو میں شدتِ درد سے بری طرح تڑپ رہا تھا اور میرے جسم پر پٹیاں بندھی ہوئی تیں۔ میں نے آنکھ کھولنے کے بعد اِدھر اُدھر دیکھ کر حالات کو سمجھنے کی کوشش کی۔ لیکن بے سود۔ میرے ارد گرد ڈاکٹروں کے علاوہ متعدد نرسیں بھی ادھر اُدھر گھوم پھر رہی تھیں۔ میں نے ان سے متعدد سوال کئے مگر انہوں نے میری کسی بات کا جواب نہیں دیا۔ ان سب کے چہرے اترے ہوئے تھے اور وہ دلدوز حادثے سے از حد دُکھی اور اداس نظر آتے تھے کئی دنوں بعد انہوں نے مجھے بتایا کہ ناگاسا کی پر اتحادیوں نے ایٹم بم گرایا تھا جس سے سارا شہر کھنڈرات میں تبدیل ہو گیا تھا۔ ہزاروں انسان لقمۂ اجل ہو گئے تھے۔ عورتیں بیوہ ہو گئی تھیں، بچے یتیم ہو گئے تھے اور ماؤں کی گودیں سونی ہو گئی تھیں اور جو زندہ بچے تھے ان میں زندگی کا کوئی لطف باقی نہیں رہا تھا کیونکہ ان میں سے کسی کی ٹانگ نہیں تھی اور تو کسی کا ہاتھ نہیں تھا۔ کوئی اندھا ہو گیا تھا تو کسی کا چہرہ انتہائی ڈراؤنا۔ ڈاکٹروں کا کہنا تھا کہ میری بیوی اور بچہ بھی شاید دوسرے ہزار ہا انسانوں کے ساتھ موت کا شکار ہو گئے تھے۔

وہ بات کرتے کرتے ایکا ایکی خاموش ہوگیا۔اس کی آواز بھرائی ہوئی تھی اور اس کی آنکھیں آنسوؤں سے بھرگئی تھیں۔کئی لمحے وہ اسی طرح چپ چاپ بیٹھا رہا۔ایسا جان پڑتا تھا جیسے وہ اپنی بیوی اور بچے کی یاد سے پھر غمگین ہوگیا ہے۔اس کے ہاتھ کا ادھ جلا سگریٹ قریب قریب ختم ہو چکا تھا۔پھر یک لخت وہ چونک پڑا اور اس نے اپنی ادھوری داستان کا بقیہ حصہ سنانا شروع کیا۔

......"ہیتی اور اوریا کی موت نے میرے لئے قیامت برپا کردی۔لیکن پھر بھی مجھے ان کی موت کا یقین نہیں آتا تھا، اس لئے رو بصحت ہوتے ہی میں نے اپنی ٹانگ کی پروانہ کرتے ہوئے بھی ان کی تلاش شروع کردی۔ناگاساکی کے کھنڈرات اور ہسپتالوں کا چپہ چپہ میں نے ایک ناکام امید کے بھروسے چھان مارا۔اور آخر جب امید کا آخری سہارا بھی مجھ سے چھن گیا اور مجھے ان کی موت کا قوی یقین ہوگیا تو میں پاگل سا ہوگیا۔دن بھر دیوانوں کی طرح ناگاساکی کے کھنڈرات میں آوارہ گردی کرتا رہتا۔تنگ آکر میں نے ناگاساکی کو ہمیشہ ہمیشہ کے لئے الوداع کہہ دیا اور بے مقصد اِدھر اُدھر گھومنے لگا۔کبھی امریکہ چلا جاتا تو کبھی فرانس۔مگر اس کے باوجود بھی مجھے دلی سکون نصیب نہیں ہوا۔میں جہاں بھی گیا ان کی یاد میرا تعاقب کرتی رہی۔ان کی یاد میں ایک لمحے کے لئے بھی نہ بھلا سکا۔"

اتنا کہہ کر وہ خاموش ہوگیا اور اس نے جیب سے ایک اور سگریٹ نکال کر سلگایا اور اس کے کش لگاتے ہوئے نہ جانے کون سی دنیا میں کھوگیا میں بھی اس کی اذیت ناک اور دلدوز داستانِ حیات سے غمگین ہوگیا تھا......اتنا غمگین کہ اس کے بعد میں نے اس سے کوئی بات نہ کی اور چپ چاپ بیٹھا اس کے اندرونی درد و کرب کے احساس سے دکھ کے ساگر میں غرقاب رہا۔اس وقت میرا جی چاہ رہا تھا کہ اگر میرا بس چلے تو ابھی اسے اقوام متحدہ کے نمائندوں کے سامنے لے جاکر کھڑا کردوں اور ان سے چیخ چیخ کر کہوں کہ:

"اے امن عالم کے علمبردارو۔کیا تم دنیا کی بڑی بڑی طاقتوں کو مہلک ایٹمی یہ ہتھیار بنانے سے نہیں روکو گے؟ دیکھو ہیروشیما اور ناگاساکی پر گرائے گئے ایٹم بموں کا نتیجہ؟اس کی بیوی اور بچہ اس قیامت خیز حادثہ میں ہلاک ہوگئے۔اور یہ بالکل تنہا ہوکر آج ایک زندہ لاش بن گیا ہے۔لیکن

یہ صرف اس ایک واحد انسان کی داستان الم نہیں بلکہ یہ ان لاکھوں انسانوں کی دکھ بھری کہانی ہے جنہیں ایٹم بم کا شکار بنایا گیا ہے۔ جنہیں موت بیماری اور اندرونی کرب سے دوچار کیا گیا ہے۔ کیا تم ان کی حفاظت نہیں کروں گے؟ کیا تم لاکھوں انسانوں کو اس غیر قدرتی موت اور بیماریوں سے نہیں بچاؤ گے؟ کیا تم ان گنت بچوں کے یتیم ہونے کے ذمہ دار نہیں ہو؟ بولو، جواب دو۔ کیا ایٹمی ہتھیاروں کی جنگ کبھی ختم نہیں ہوگی۔ کیا انسان کو آرام اور سکھ کی اسی زندگی گزارنے کا موقع نہیں ملے گا؟ بولو۔ جواب دو؟

کافی دیر تک ہم دونوں اس طرح اسی طرح ساکت وصامت بیٹھے رہے۔ ہم دونوں میں سے کسی نے بھی کوئی بات چیت نہ کی۔ وہ تو شاید اپنی بیوی اور بچے کی ابدی جدائی سے دکھی ہو کر ان کے ساتھ گزارے ہوئے فرحت آمیز اور پرمسرت دنوں کے تصور میں کھو گیا تھا اور میں اس کی کہانی کے المیہ انجام سے از حد غمگین ہو گیا تھا۔ اس دن ہمیں پتہ ہی نہ لگا کہ کب ہم کافی ہاؤس سے اٹھے اور کب ایک دوسرے سے جدا ہوئے......

میں ابھی تک وہسکی کی چسکیاں بھرتے ہوئے ہاتو یاما کے ماضی کے بھیانک حادثے کے تصورات میں کھویا ہوا تھا اور وہ گلاس پر گلاس بھر کر حلق میں انڈیلے جا رہا تھا۔ حتیٰ کہ پوری بوتل ختم ہو گئی اور اس نے الماری سے دوسری بوتل نکال کر پینی شروع کر دی۔ اب شاید وہ ہوش میں نہیں تھا۔ اچانک میری نگاہ گھڑی پر پڑی۔ بارہ بج کر دس منٹ ہو چکے تھے۔ میں فوراً گھر جانے کے لئے اٹھ کھڑا ہوا۔ مجھے اٹھتا دیکھ کر اس نے مجھے بازو سے پکڑ کر بٹھاتے ہوئے کہا۔

''ارے یار۔ بیٹھو نا۔ تم تو ابھی سے اٹھنے لگا۔''

''نہیں۔ معاف کرنا ہاتو یاما مجھے دیر ہو رہی ہے۔ گھر میں میری بیوی میرا انتظار کر رہی ہوگی۔''

بیوی کے انتظار کی بات میں نے کہہ تو دی لیکن پھر فوراً ہی مجھے احساس ہوا کہ میں نے یہ کہہ کر اچھا نہیں کیا۔ کیونکہ وہ اس بات سے زیادہ غمگین ہو کر بہکی بہکی باتیں کرنے لگا۔

''یار۔ معاف کرنا تمہاری بیوی تمہارے انتظار میں پریشان ہو رہی ہوگی۔''

''کچھ دیر بعد میں اس سے ہاتھ ملا کر جلدی جلدی بڑے بڑے ڈگ بھرتا اپنے گھر کی طرف

چل پڑا۔ سارا راستہ میں نے ہاتویاما کی اداسی اور پریشانی پر غور کرتے ہوئے کاٹا اور رات سوتے وقت بھی اس کا اترا ہوا پژمردہ چہرہ میری نگاہوں کے سامنے گھومتا رہا۔

رات تاخیر سے سونے کے کارن صبح میں جلدی نہ اٹھ سکا۔ جب آنکھ کھلی تو گھڑی ساڑھے آٹھ بجا رہی تھی۔ میرے اٹھتے ہی نوکر بیڈ ٹی لے کر وارد ہوا۔ چائے پیتے ہوئے میں نے سوچا کہ جلدی سے تیار ہو کر ہاتویاما کی خیر و عافیت دریافت کرنے چلوں کیونکہ رات وہ شدت غم سے وہسکی کے گلاس پر گلاس چڑھائے جا رہا تھا۔ اتنے میں نوکر نے ریڈیو کا سوئچ آن کر دیا تاکہ میں اپنی عادت بموجب خبریں سن سکوں۔ مگر پہلی خبر سنتے ہی چائے کا پیالہ میرے ہاتھ سے چھوٹ گیا۔ نیوز ریڈر کہہ رہا تھا......

"ابھی ابھی اطلاع ملی ہے کہ نئی دہلی کے ایک ہوٹل میں جاپان کے شہور مجسمہ ساز ہاتویاما نے خودکشی کر لی ہے۔ مرحوم ابھی چند ہفتے ہوئے بھارت سرکار کی دعوت پر گاندھی جی کا مجسمہ بنانے کے لئے تشریف لائے تھے۔ خودکشی کرنے سے پیشتر وہ ایک خط چھوڑ گئے ہیں جس میں انہوں نے لکھا ہے کہ وہ اپنی عزیز رفیقہ حیات ہتی اور ننھے بچے اوریا کی ابدی فرقت گوارا نہیں کر سکتے جو ناگاساکی میں اتحادیوں کے ایٹم بم کا نشانہ بن گئے تھے۔ ان کی یاد ہمیشہ ان کا تعاقب کرتی رہتی ہے۔ ان کے بغیر وہ ایک زندہ لاش ہیں اور ان کی جدائی میں انہیں ایک پل بھی سکون نصیب نہیں ہوتا...... اس لئے وہ اس اذیت ناک زندگی سے تنگ آ کر خودکشی کر رہے ہیں تاکہ......

میں اس سے زیادہ کچھ نہ سن سکا اور اسی طرح لباس شبانہ پہنے ہی ہوٹل پہنچنے کے لئے باہر کی طرف دوڑ پڑا......

☆☆

ہرچرن چاولہ

سوال

آج ماتاجی کا خط ملنے کے بعد میں ایک ایسے دوراہے پر کھڑا ہوں کہ سمجھ میں نہیں آتا، کدھر جاؤں، کیوں اس دوراہے سے کوئی تیسرا راستہ پھوٹتا ہی نہیں۔ مگر آج میں اپنے دونوں بزرگوں، باپ بابو کیول رام چاولہ اور باپ جیسے چاچا بھگت ہیر انند سے پوچھنا چاہتا ہوں کہ انہوں نے مجھے غلط راہ پر کیوں ڈالا۔ ہم تو سنتے آئے ہیں کہ ہمارے بزرگ بہت سیانے اور عقل مند ہوتے تھے اور وہ سینکڑوں سال آگے بھی سوچ لیا کرتے تھے۔ پھر میرے سمجھ دار اور پڑھے لکھے پتا اور دھرم گرنتھوں کو رگ رگ میں بسائے ہوئے بزرگ چاچا کو پچاس پچپن سال آگے کی تصویر کیوں دکھائی نہ دی؟ کیا ان کی ذہنی اُڑان اتنی مختصر تھی کہ وہ اتنے تھوڑے عرصہ بعد آنے والے اُس وقت کی پہچان بھی نہ کر سکے جب بھائی بھائی سے خوف کھانے لگے گا؟ وہ دونوں آج اس دُنیا میں نہیں ہیں کہ میرے اس سوال کا جواب دے سکیں، مگر دنیا بزرگوں اور داناؤں سے خالی تو نہیں ہوگئی ہے۔ میں آج کے سیانوں سے یہ پوچھتا ہوں کہ یہ سب کیا ہو رہا ہے کہ آج میں پون سے اور پون مجھ سے خوف کھانے لگا ہے۔

سیانے کہتے ہیں، بچپن کی سب یادیں لاشعور کے ایک کونے میں محفوظ پڑی رہتی ہیں۔ مجھے یاد ہے جب میرے والد تبادلے کے بعد داؤد خیل جنکشن آئے تھے تو انہوں نے داؤد خیل گاؤں میں بھگت ہیر انند کے گھر کا ایک حصہ کرائے پر لیا تھا اور اسی روز سے انہوں نے بھگت جی کو اپنا چھوٹا بھائی کہنا شروع کر دیا تھا۔ یہاں تک کہ اُن کے سگے بھائیوں کو ان سے یہ غلط قسم کی شکایت پیدا ہو گئی تھی کہ وہ بھگت ہیر انند کو ان پانچوں بڑے بھائیوں سے زیادہ پیار کرنے لگے تھے۔ بھگت ہیرا نند چھوٹی سی دوکان تو برائے نام سانس کی ڈوری قائم رکھنے کے لیے چلاتے تھے، ورنہ ان کا ایک

ایک سانس گوربانی گانے اور گرنتھ صاحب پڑھتے رہنے میں گزرتا تھا۔ بھگت کی اپنی کوئی اولاد نہ ہونے کی وجہ سے وہ مجھ کو ہی اپنے بیٹے کی طرح ہر وقت گود میں لیے لیے پھرتے تھے۔ یہاں تک کہ جب وہ گرنتھ صاحب کے پیچھے پیچھے پاٹھ کرر ہے ہوتے تو بھی میں اُن کی گود میں ہوتا اور اُن کا ایک ہاتھ مورچھل مقدس کتاب پر جھلتا رہتا، اور دوسرا پیار سے میرے جسم کا طواف کرتا رہتا۔ گوربانی پڑھتے ہوئے ان کی سفید ہلکی ہلکی ترشی ہوئی ڈاڑھی ہلتی ہوئی مجھے بہت اچھی لگتی تھی۔ آپ تو جانتے ہیں، بچہ پیار کا بھوکا ہوتا ہے اور پیار مجھے جتنا ان سے ملتا تھا شاید ہی بابو جی اور ماتا جی سے ملتا ہوگا۔ ماں باپ نے میرا نام ہرچرن داس رکھا تھا۔ اور بھگت چاچا خود سکھ نہ ہوتے ہوئے بھی نہ جانے اپنے کس جذبے کی تسکین کے لیے مجھے ہرچرن سنگھ کے نام سے بلایا کرتے تھے مگر ساتھ ہی کبھی کبھی جب میرے بال بڑھ کر میری آنکھوں میں گرنا شروع ہو جاتے تو خود ہی قینچی لے کر انہیں تراش دینے میں کوئی ہچکچاہٹ محسوس نہیں کرتے تھے۔

بابو جی جتنے پڑھے لکھے، سمجھدار اور باشعور تھے۔ بھگت چاچا بھی اتنے ہی گیانی دھیانی اور انسان دوست تھے۔ اس وقت، ان کی زیادہ تر باتیں میری سمجھ میں تو آتی نہیں تھیں، مگر ایسا ضرور لگتا تھا جیسے وہ میرے ننھے کانوں میں شہد آگیں رس ٹپکا رہے ہوں، اُن کا منہ ہی منہ میں گوربانی پڑھنا تو میرا دل موہ لیتا تھا۔ مٹھاس کا مزہ صرف زبان سے نہیں، کانوں سے بھی محسوس کیا جا سکتا ہے۔ اس کا پہلے پہل علم مجھے اُن کی گوربانی سن کر ہوا تھا۔ اور میں یہ بھی دیکھتا تھا کہ وہ جب مسلمان اور ہندوؤں کے سامنے گوربانی کے اشلوک اور کبیر کے دوہے پڑھتے تھے تو لوگ عش عش کر اٹھتے تھے۔

بابو ہنومان اور کرشن کے بھگت تھے۔ انہوں نے گھر میں الماری کے ایک خانے میں ہنومان، کرشن اور دوسرے دیوی دیوتاؤں کی مورتیاں سجا رکھی تھیں اور بڑی باقاعدگی سے ہر روز اُن کے سامنے کھڑے ہو کر ان کی استتی کرتے تھے۔ بھگت چاچا سے میل جول بڑھنے کے بعد انہوں نے اپنے چھوٹے سے مندر میں دوسری سب مورتیوں کے ساتھ بابا نانک کی تصویر اور خواجہ دل محمد کی منظوم گیتا کے ساتھ خواجہ صاحب کی جپ جی اور سکھ منی صاحب بھی رکھ لی تھی اور وہ دونوں کتابوں

کا ایک ساتھ پاٹھ بھی کرنے لگے تھے۔

چاچا کے ایک بہت بڑے کمرے کی دھرم سالہ میں، جہاں ایک خوبصورت تخت پوش ریشمی بستے میں لپٹا بڑا سا گرنتھ صاحب رکھا رہتا تھا اور جہاں صبح سویرے بھگت جن صاف ستھری چٹائیوں پر بیٹھ کر چاچا کا پاٹھ سنا کرتے تھے۔ اسی دھرم سالہ میں ہر شام کو ’’ہرے رام ہرے رام، رام رام ہرے ہرے۔ ہرے کرشن ہرے کرشن، کرشن کرشن ہرے ہرے‘‘ اور ’’اوم جے جگدیش ہرے‘‘ کی آرتیاں بھی گائی جاتی تھیں۔ جہاں پہلے دھرم سالہ میں اکثر چاچا کے ہاتھوں کڑا پرشاد گاؤں کے سرے پر موٹی موٹی چوٹیوں والے ہندو وگر ذہنی طور پر ہر لحاظ سے سکھ حاضرین میں بٹتا رہتا تھا۔ وہاں اب ریوڑیوں کی صورت میں ہر منگل کو ہنومان کا پرشاد بھی بٹنے لگا تھا۔ منگل کی شام کو ریوڑیوں کے پرشاد کے لالچ میں چاچا کی دھرم سالہ میں بچوں کی اتنی بھیڑ ہو جاتی کہ تل دھرنے کو بھی جگہ نہ ملتی اور چھوٹے بڑے اتنی اونچی آواز سے......

مہابیر بلوان، کرتا سب کا کلیان
مانگو بھگتی کا دان، دیجئے آن آن

گاتے کہ سارا گاؤں گونج اٹھتا۔

جیسا کہ پہلے کہہ چکا ہوں، جتنا پیار اور خلوص مجھے چاچا سے ملا، اپنے ماں باپ سے بھی نہ مل سکا، میں یہ نہیں کہہ رہا ہوں کہ ماں باپ کی محبت سے محروم رہا ہوں۔ نہیں، ایسا کہہ کر میں گناہ گار نہیں ہونا چاہتا۔ انہوں نے اپنے تمام فرائض بہ حسن وخوبی انجام دیئے۔ مجھے اُن سے کوئی شکایت نہیں۔ ہاں، اپنے لیے اُن کی اور چاچا کی محبت کا موازنہ کرتا ہوں تو چاچا کا پلڑا کچھ زیادہ بھاری معلوم ہوتا ہے۔

وقت کے بے رحم اور ظالم ہاتھوں نے ہم سے چاچا کو چھین لیا اور اتھل پتھل کے کچھ ہی عرصہ بعد بابو جی بھی بھگوان کو پیارے ہو گئے۔ اب گھر میں ماتا جی، میں اور بابو جی کی موت کے ڈیڑھ ماہ بعد جنم لینے والا میرا چھوٹا بھائی پون رہ گئے۔ پون تو ہنومان کے پتا کا نام ہے اور لکشمی وشنو کی

استری ہیں، پھر پتہ نہیں ہماری لکشمی نام کی ماتا جی نے اس کا نام پون رکھنا کیوں پسند کیا، حالانکہ وہ خود بڑے کٹر سکھ وچاروں کی ہیں۔ پون سے بہت بڑا ہونے کی وجہ سے میں بابو جی اور چاچا کی گود میں پلا بڑھا اور پروان چڑھا ہوں، مگر پون شروع سے ہی ماتا جی کے قریب رہا ہے اور ماتا جی جیسا کہ سب جانتے ہیں، ایک ایسے خاندان کی فرد ہیں جس کے آدھے لوگ سکھ اور آدھے ہندو وچاروں کے ہیں، یعنی ہماری نانی سکھ اور نانا ہندو تھے۔ اسی لیے جب شادی کے بعد ماتا جی چاولہ خاندان میں آئی تھیں تو جہیز میں میکے سے انہیں ایک خوبصورت سے ریشمی رومال میں بندھا ہوا گرو گرنتھ صاحب بھی ملا تھا جب کہ اسی گھر سے ان کی بڑی بہن کو جہیز میں بھگوت گیتا دی گئی تھی۔

صبح سویرے دہی بلوتے ہوئے اور گھر کا سارا کام کاج کرتے ہوئے ماتا جی منہ ہی منہ میں پاٹھ تو پہلے بھی کیا کرتی تھیں، مگر بابو جی کے مرنے کے بعد انہوں نے ان کی مورتیوں کے ساتھ بابا نانک اور گرو تیغ بہادر کی تصویریں بھی رکھ لی تھیں۔ فرصت زیادہ رہنے کی وجہ سے وہ صبح سویرے پون کو گود میں لیے گوردوارے بھی باقاعدگی سے جانے لگی تھیں اور شام کو ''رہوراس'' تو بڑی پابندی سے پڑھنے لگی تھیں۔ بابو جی کا سایہ سر پر نہ ہونے اور میری نوکری میں مصروفیت کے باعث پون ماں اور باپ دونوں کا پیار اُن ہی کی گود سے حاصل کرنے کی خاطر ہر دم ان سے لپٹا رہنے لگا تھا۔ برصغیر کی تقسیم کے بعد شروع شروع میں ہم امرتسر میں پناہ گزیں ہوئے تھے۔ وہاں ماتا جی ہر روز پون کو گود میں لیے پاٹھ تو کیا ہی کرتی تھیں، ہفتہ میں دو بار رکشا میں اس کے ساتھ ہرمندر صاحب بھی جایا کرتی تھیں۔ ویسے پیار تو پون کو میں اور میری بیوی پورنیا بھی کم نہیں دیتے تھے، مگر ہمارے پیار کا بھلا ماں کے پیار سے کیا مقابلہ؟

کئی سال بعد سروس کے سلسلے میں میرا تبادلہ ہوا تو ہم سب دہلی منتقل ہو گئے۔ دہلی میں بھی ماتا جی بڑی پابندی سے ارداس کرنے گوردوارہ جایا کرتی تھیں۔ بیانہ سے بڑے ماما جی جب کبھی ہم سے ملنے یا اپنے کپڑے کے بیوپار کے سلسلے میں دہلی آتے اور ہمارے ہاں ٹھہرتے تو سب سے پہلے ہم سب کو لے کر گوردوارہ سیس گنج ماتھا ٹیکنے جاتے۔ ماتا جی ہر روز قریب کے گوردوارے

جاتے وقت ہاتھ میں آٹے سے بھری ایک کٹوری لے جاتی تھیں جس پر تھوڑا سا گھی اور گڑ کی ایک ڈلی بھی رکھی رہتی تھی، جسے وہ ماتھا ٹیکتے ہوئے بابا جی کے چرن کملوں میں ارپن کر آیا کرتی تھی۔ مگر ایک دن ان کے رویہ سے مجھے عجیب سا جھٹکا محسوس ہوا۔ اس روز زندگی میں پہلی بار وہ بھری بھرائی کٹوری گوردوارے سے واپس لے آئی تھیں اور میرے پوچھنے پر میری کم پڑھی لکھی ماں نے کہا تھا میں تو وہاں من کی شانتی کے لئے جاتی ہوں، مگر آج جب میں نے وہاں ہری کیرتن کے بجائے سیاست پر لیکچر ہوتے سنا تو میرے من نے کہا یہاں تو کسی اور قسم کا پودا لگایا جا رہا ہے، جس کی جڑوں میں پانی ڈالنا میری آتما نے گوارہ نہیں کیا اور میں اپنا پانی واپس لے آئی۔ میں نہیں کہتی کہ سیاست بری چیز ہے، مگر ہر چیز کا اپنا ایک الگ پلیٹ فارم ہونا چاہیے۔''

انہوں نے اپنے آٹے اور گھی کو انکسار کی وجہ سے سادہ پانی کہا تھا مگر پھر بھی ان کا یہ رویہ مجھے عجیب سا ہی محسوس ہوتا رہا۔ تاہم انہوں نے کسی بات کی پروا کیے بغیر اپنا زیادہ وقت اب اپنے گھر کے چھوٹے سے مندر جمع گوردوارے کی نذر شروع کر دیا۔ اسی درمیان ہمارے پڑوس میں ایک سکھ فیملی بھی آ کر آباد ہو گئی۔ یہ بہت ہی نیک طینت اور خدا ترس لوگ تھے۔ انہوں نے گھر میں ایک پورا کمرہ سجا سنوار کر گورو گرنتھ صاحب کے لیے وقف کر رکھا تھا۔ اب ماتا جی روز صبح سویرے نہا دھو کر وہاں جانے اور واک لینے لگیں۔ وہ ہر گور پرب پر اپنے گھر سے کڑاہ پرشاد بھی بنا کر ساتھ لے جاتیں اور بڑی شردھا سے سنگتوں میں اپنے ہاتھوں سے بانٹتیں۔ اس دوران ہمارے ماما جی کا ایک لڑکا باقاعدہ پانچوں ککے دھار کے سکھ بھی ہو گیا تھا، مگر اس کے اور اس کے باقی تین بھائیوں کے پیار کی مثال بیانہ میں اب بھی پہلے ہی کی طرح دی جاتی تھی۔ وہ جب اپنی دُکان کے کام کے سلسلے میں ہمارے گھر آتا تو اپنی خوبصورت داڑھی مونچھ اور پگڑی باندھنے کے دلکش انداز کے ساتھ ہمیں اور خاص طور پر پون کو کوئی آسمانی مخلوق لگتا۔ ادھر ماں کے سنسکاروں کی وجہ سے بھی آہستہ آہستہ اس کے دل میں سکھی دھرم سے ایک خاص احترام پیدا ہو رہا تھا۔ بہت پہلے جب اُسے اسکول میں داخل کروایا گیا تھا تو ماتا جی اُسے خاص طور پر نہلا دھلا اور صاف ستھرے کپڑے

پہنا کر گوردوارے لے گئی تھیں۔ اس کے بعد تو وہ خود اسکول میں ہر امتحان کے وقت پہلے گوردوارے ضرور حاضری دینے لگا تھا اور گورو مہاراج کی ایسی مہر ہوتی گئی کہ وہ ہر امتحان میں بہت اچھے نمبروں سے پاس ہوتا گیا۔

حالات مجھے ناروے لے آئے اور بہت صبر آزما جدوجہد کے بعد میں یہاں انڈیا کی نسبت کہیں زیادہ مادی خوش حالی کے ساتھ بس گیا تھا۔ میں چاہتا تھا کہ پون بی ایس سی کرنے کے بعد انجینئرنگ کرے اور انڈیا میں ہی کسی اچھے روزگار سے لگ جائے، تا کہ ہم دونوں میں سے ایک تو کم از کم ماں کا سہارا بنا رہے۔ لیکن فارن کا سراب وہ جادو ہے جو سر پر چڑھ کر بولتا ہے۔ خود میں نے اِدھر بڑے بڑے ڈگری یافتہ لوگوں کو فرش صاف کرتے اور برتن دھوتے دیکھا ہے۔ مگر لاکھ بتاتے رہو، شور مچاتے رہو، سمجھاتے رہو، کون سنتا ہے؟ کم از کم وہاں بیٹھے بیٹھے تو کوئی بھی ہماری رائے پر کان دھرنے کو تیار نہیں ہوتا جب تک خود آ کر اس دلدل میں پھنس کر نہ دیکھ لے۔ پھر دلدلوں نے کبھی کسی کو چھوڑا ہے؟

اُدھر پون کا میلان پڑھائی کی طرف کم اور مذہب کی طرف زیادہ بڑھنے لگا تھا۔ وہ رات کو بارہ بجے بھی سوتا تو سردی ہو یا گرمی، صبح کو تین بجے اٹھ کر اور نہا دھو کر شاہ جی کے گوردوارے جا کر باقاعدہ گوربانی کا کیرتن سننے لگا تھا۔ وہ اس پر بھی بس نہ کرتا، بلکہ کالج جانے سے پہلے کی تمام تیاریوں تک کیسٹ لگا کر گوربانی کا جاپ سنے جاتا۔ وقت بچانے کے لئے اس نے شیو کرنا بند کر دیا تھا۔ دراصل یہ اس کے سکھ دھرم کی طرف جھکاؤ کا پہلا زبردست اظہار تھا۔ کچھ ہی عرصہ بعد اس نے شیونگ سیٹ کو ایک فضول سی چیز کی طرح ایک کونے میں ڈال دیا۔

ماتا جی چاہتی تھیں کہ وہ پڑھ لکھ کر کام سے لگے تو وہ ایک سندر سی بہو گھر میں لے آئیں مگر پون کی انتہائیں تو سنیاسیوں جیسی ہوتی جا رہی تھیں۔ بھلا کون ماں پسند کرے گی کہ اس کا بیٹا اتنی چھوٹی عمر میں جوگ کی طرف مائل ہونے لگ جائے۔ مجبوراً انہوں نے اس کی دوسری زبردست خواہش کا احترام کرتے ہوئے اُسے میرے پاس بھیجنا مناسب سمجھا اور میں نے بھی ان حالات میں اپنی

نصیحتوں کے تمام ٹوکرے ایک طرف دھر دیئے اور اُسے اپنے پاس نارو ے بالیا۔

نارو ے آکر اس نے فو لکے ہائی اسکول میں دخلہ لیا۔ نارو یجین زبان سیکھی، اور پھر ڈپلوما اِن سوشل ہیلتھ حاصل کر کے نرسنگ کورس شروع کر دیا۔ ساتھ ساتھ اس کا دھرم سے عشق پھر جاگنے لگا اور وہ ہی بہت سویرے اٹھ اُٹھ کر گوربانی کے کیسٹ سننے لگا۔ ہم دونوں کے پردیس میں بس جانے کی وجہ سے ماتا جی شدید تنہائی محسوس کرنے لگی تھیں، وہ چاہتی تھیں کہ پون انڈیا واپس پہنچ جائے۔ خود میری بھی یہی تمنا تھی اور پون بھی اس شرط پر واپس جانے پر رضامند تھا کہ ماتا جی دہلی کا مکان بیچ کر پنجاب منتقل ہو جائیں۔

مگر اب ماتا جی نے لکھا ہے کہ میں اسے واپس نہ بھیجوں اور اسے بھی نارو ے ہی میں بسانے کی کوشش کروں۔ اور میں آج کل کے تمام حالات کو مدنظر رکھتے ہوئے سوچوں میں ڈوبا ہوں۔ مجھے کیا پتہ تھا کہ ۱۹۸۳ء اور ۱۹۸۴ء کچھ ایسے حالات بھی اپنے دامن میں لائیں گے کہ پون اپنے باپ جیسے بزرگ اور شفیق بڑے بھائی سے ڈرتا پھرے گا اور میں اپنے پیارے پیارے چھوٹے بھائی کو شک کی نظروں سے دیکھوں گا۔ اُسے رات دو تین بجے اٹھ کر کچن کی ٹونٹی سے ٹھنڈا اور تازہ پانی نکال کر پینے کی عادت ہے۔ وہ جب بھی رات کو پانی لینے کے لئے اٹھتا ہے، میں اس کے پاؤں کی چاپ سے جاگ جاتا ہوں اور اپنے بیڈ کے سائیڈ ٹیبل کی بتی جلا لیتا ہوں، اور جب تک وہ کچن میں رہتا ہے، میں رضائی میں کسمساتا رہتا ہوں، جیسے میں اُسے یہ بتانا چاہتا ہوں کہ میں سویا ہوا نہیں، جاگ رہا ہوں۔ اور جب کبھی کسی کام سے میں اس کے قریب جاتا ہوں تو خود اس کی آنکھوں میں بھی کسی خوف کی پرچھائیاں مجھے صاف نظر آنے لگتی ہیں۔

☆☆

افتخار نسیم

سگریٹ

وہ اس ٹوٹ پھوٹے مکان سے باہر نکلا تو اس کی طبیعت مکدر ہو چکی تھی۔ مکان کے اندر کی گندگی، لوگوں کا وضو کے پانی کو جگہ جگہ پھینکنا پانوں کی پیک، بیت الخلاء کی بدبو مسجد کا یہ تصور اس کے ذہن میں کبھی نہیں تھا۔ اس نے جب یہ سنا کہ چند مسلمانوں نے ایک مکان کرائے پر لے کر اس میں مسجد بنالی ہے تو وہ بہت خوش ہوا۔ اسے شکاگو آئے ہوئے ابھی تین مہینے ہوئے تھے اور وہ شدید ''ہوم سک'' تھا۔ اسے وہ لوگ جنہیں دیکھنا بھی گوارا نہیں کرتا تھا، یاد آرہے تھے۔ شکاگو میں کوئی دیسی آبادی نہیں تھی۔ کسی نے اسے بتایا کہ ایک جگہ ایک پروفیسر رہتا ہے، وہ ہندوستانی ہے۔ اس نے اس پروفیسر کو فون کیا اور اردو میں بات شروع کی۔ لیکن وہ پروفیسر ساؤتھ انڈیا کا ہندو نکلا۔ اسے ہندی یا اردو بولنی نہیں آتی تھی۔ اکبر بہت مایوس ہوا۔ اس لئے جب اس نے سنا کہ شکاگو میں کسی مسجد کا وجود ہے تو وہ جمعے کے دن چھٹی کر کے وہاں چلا گیا۔ اس مکان میں داخل ہوتے ہی اس کا ایک ملی جلی بدبو نے استقبال کیا۔ دائیں ہاتھ ایک شخص کھڑا ادھر ادھر سگریٹ پی رہا تھا۔ اس کے ساتھ ایک دھان پان سی انتہائی خوبصورت عورت کھڑی تھی۔ ان کے سامنے میز پر سموسے چنے اور باقی ملی جلی اشیاء پڑی ہوئی تھیں۔ اس نے السلام علیکم کہا تو اس شخص نے قدرے رکھائی سے جواب دیا۔ وہاں چند لوگ نماز پڑھ رہے تھے۔ وہ بھی ان میں شامل ہو گیا۔ نماز کے بعد سموسہ کھانے کی خواہش پیدا ہوئی۔ اس نے سموسے کا بھاؤ پوچھا۔ ''ایک ڈالر کا ایک سموسہ اس نے ڈالر کو روپے سے ضرب دی۔ بارہ روپے کا ایک سموسہ؟ مسجد میں یہ چور بازاری؟......لیکن یہ کوئی نئی بات نہیں۔ اکبر نے سوچا۔ رمضان کے دنوں میں برف کتنی مہنگی ہو جاتی ہے۔ کھجوریں

جنھیں کوئی پوچھتا بھی نہیں، ہیروں کے مول بکنے لگتی ہیں۔ دودھ ایک دم بازار سے ناپید ہو جاتا ہے۔ مسلمانوں نے کب مسلمانوں کو بخشا ہے۔ بہر حال اس نے سموسہ لے لیا اور اس شخص سے باتیں شروع کر دیں۔ اب وہ شخص قدرے خوشگواری سے گفتگو کرنے لگا۔ عبدالوحید نے اپنی بیوی کا تعارف اکبر سے کرایا۔ اس نے بہت شائستگی سے آداب کہا۔ لیکن اکبر نے جب عبدالوحید کو بتایا کہ وہ پاکستان میں پنجاب سے ہے تو وحید کے لہجے میں وہی رکھائی اور ٹھنڈا پن آ گیا۔ اکبر کے لئے لسانی اور علاقائی تعصب کا یہ پہلا تجربہ تھا۔

عبدالوحید کی بیوی نے بڑے دکھ سے اپنے خاوند کی طرف دیکھا۔

لیکن وہ اپنے خاوند کے اس تعصب کو کیسے ختم کرے؟ مسلمان مسلمان کے اتنا خلاف کیوں ہے؟ برجیس دل ہی دل میں کڑھتی رہی۔ ''اب مجھے اسی کے ساتھ ساری عمر رہنا ہے۔ امریکہ میں آزادی ہو گی لیکن ہمارے معاشرے میں تو کوئی نہیں ہے۔''

اکبر وحید کے اس رویے سے دل برداشتہ ہو کر دروازے سے باہر نکال آیا۔

''جلدی جلدی چیزیں سمیٹو۔ گھر بھی پہنچنا ہے۔ اور تم اس لڑکے کی طرف کیوں دیکھ رہی تھیں۔ وحید نے برگشتگی سے کہا۔

''بیچارہ نیا نیا لگتا ہے۔'' برجیس نے چیزیں اکٹھی کرتے ہوئے جواب دیا۔

''تو اس سے پیٹ میں منڈھی دے کر مل لیتیں؟''

''ہاؤ'' برجیس نے بے بسی سے کہا۔

وہ گاڑی میں بیٹھی سوچ رہی تھی۔ ابھی تک میرے بچے اور بچیاں چھوٹے ہیں۔ امریکہ میں پلیں بڑھیں گے۔ جانے کیسے نکل آئیں۔ کبھی وہ کسی امریکن کو گھر لے آئے تو قیامت آ جائے گی۔ لڑکوں کا تو برداشت ہو جائے گا لیکن یہ لڑکیوں کی آزادی کیسے برداشت کرے گا؟ ہم روپے کے لالچ میں یہاں کیوں آ گئے؟ وہاں اپنے وطن میں ہمارے پاس سب کچھ تھا۔ جائیداد، رشتے دار، دوست احباب......

کار ایک جھٹکے سے رکی۔ گھر سے باہر چار پانچ بچوں نے وحید اور برجیس کا گرم جوشی اور چیختے ہوئے استقبال کیا۔ برجیس اپنے سارے غم اور تفکرات بھول گئی۔ وحید کو دیکھ کر سب بچے ایک دم چپ ہوگئے۔ وہ اندر چلا گیا۔ بچوں نے پھر شور مچانا شروع کر دیا۔

وحید کا معاشی درجہ بلند ہوا تو ہر طرف رشتے داروں نے یلغار کر دی۔ امریکہ جو کبھی بہت دور تھا اب جیسے دوسرا محلّہ بن گیا۔ ہر روز کوئی نہ کوئی منہ اٹھائے چلا آ رہا ہے۔ بچوں اور وحید کے درمیان پہلے ہی کوئی اتنی انڈر اسٹینڈنگ نہیں تھی۔ اب تو ڈالر نے ان کے درمیان ایک دیوار کھڑی کر دی تھی۔

وحید تو ڈالر کمانے میں مصروف تھا۔ برجیس نے بچوں کی پرورش کا ذمہ اکیلے ہی لے لیا۔ وہ بچوں کے ہوم ورک کے ساتھ انہیں سیپارے بھی پڑھاتی۔ اس کے ساتھ ساتھ اس نے انہیں اردو بھی پڑھانا شروع کر دی۔ ایک دن وحید جلد واپس آ گیا۔ اس کے بڑے بیٹے رضوان نے وحید کو علامہ اقبال کی ایک نظم سنائی۔ اسے شاباشی دینے کی بجائے اس نے رضوان سے پوچھا کہ اس نے یہ کس سے سیکھی ہے۔ رضوان نے جواب دیا۔

''امی نے سکھائی ہے۔''

وحید برجیس پر برس پڑا۔ ''تمہیں بچوں کا دماغ خراب کرنے کی کیا ضرورت ہے۔ امریکہ میں اردو کی افادیت کیا ہے؟''

'لیکن آپ ہی پچھلے دنوں بحث کر رہے تھے کہ بچوں کو اردو پڑھانی چاہئے تاکہ ہماری تہذیب و تمدن قائم رہے۔'' برجیس نے مداخلت کرتے ہوئے کہا۔

'وہ تو بحث تھی۔ حقیقت تو اور ہے۔ بس اب بحث بند کرو۔'' وحید نے واش روم جاتے ہوئے کہا۔

وقت گزرتا رہا۔ بچے دو قسم کے معاشرے اور والدین کی دوغلی طبیعت کی وجہ سے کنفیوز ہوتے چلے گئے۔ آخر ہمارا تشخص کیا ہے؟ بچے اکثر برجیس سے پوچھتے؟ اور وہ بھی اس کا کوئی مناسب جواب نہیں دے سکتی تھی۔ آخر وہی ہوا۔ بچے جب ذرا بڑے ہوئے تو خود مختار ہوتے چلے گئے۔

''ہمارا گھر پریشر کُکر ہے'' وہ اکثر اپنے دوستوں سے کہتے۔ بچے دو دنیاؤں بلکہ دو انتہاؤں

میں رہ رہے تھے۔ والد ڈالر کمانے کے چکر میں سارا دن باہر رہتا۔ بچوں کو اپنے امریکن دوستوں کو گھر لانے کی اجازت نہیں تھی۔ اس لیے اکثر وہ گھر سے باہر رہتے۔

ایک دن وحید نے برجیس سے کہا کہ ہمیں بچوں کو واپس بھیج دینا چاہئے تاکہ وہ ہندوستان سے مسلمان لڑکے اور لڑکیوں سے شادی کر آئیں۔ یہ سنتے ہی سب لڑکوں نے بغاوت کر دی۔ اور صاف انکار کر دیا۔

''یہاں بھی تو اتنی بڑی مسلم کیونٹی ہو گئی ہے۔ یہیں سے ہی کوئی ڈھونڈ لیتے ہیں۔'' برجیس نے تجویز پیش کی۔

لیکن وحید جانتا تھا کہ اب معاملہ اس کے ہاتھ سے نکل چکا ہے۔ اس اب احساس ہوا کہ اسے بچوں کے ساتھ رہنا چاہئے تھا۔ اسے ان کی پرورش میں برجیس کا حصے دار بننا چاہئے تھا۔ لیکن اب وقت گزر چکا تھا۔ وحید نے اپنی اکلوتی بیٹی کنیز کی طرف دیکھا جس نے اپنا نام کنی رکھ لیا تھا۔ اگلے برس اٹھارہ سال کی ہو جائے گی۔ پھر تو یہ قانونی طور پر کہیں بھی جا سکتی ہے۔

''کاش میں وقت کو روک سکتا۔'' وحید نے بے بسی سے سوچا۔

جس گھر میں پھل دار درخت ہوتا ہے وہاں پتھر بھی آتے ہیں۔ کیونٹی کے بچے اب بالغ ہو گئے تھے۔ اب کسی نہ کسی بہانے لوگوں نے اپنے بالغ بچوں کو ایک دوسرے سے ملانا شروع کر دیا۔ چند ایک شادیاں بھی ہو گئیں۔ والدین کی امیدوں کے بجھتے ہوئے چراغ پھر سے روشن ہو گئے۔

لیکن جب کنی نے برجیس کو بتایا کہ وہ امریکن سے شادی کرنا چاہتی ہے تو برجیس کا تقریبا نروس بریک ڈاؤن ہو گیا۔

''وہ تمہارے باپ کو کیسے بتاؤں؟''

''یہ آپ کا مسئلہ ہے۔''

سونے سے پہلے برجیس نے وحید کو کنیز کا فیصلہ سنا دیا۔

لیکن برجیس حیران ہو گئی۔ جب وحید نے بڑے اطمینان سے کہا۔ ''کوئی بات نہیں۔ میں کل

اس سے بات کروں گا۔''

صبح کے وقت گھر میں ایک ہنگامہ بپا تھا۔

''لیکن وہ لڑکا ہے کون؟''

'اس کے ماں باپ جاپانی ہیں۔لیکن وہ امریکہ میں پیدا ہوا ہے۔'' کسی نے بتایا۔

''شکر ہے خدا کا وہ کوئی کالا نہیں لے آئی۔'' وحید نے دل ہی دل میں خدا کا شکر ادا کیا۔

لیکن تم ہماری ایک ہی بیٹی ہو۔ہم یہ شادی دھوم دھام سے اور تمام رسومات کے ساتھ کریں گے۔اگر تم اسے مسلمان بنالو۔''

لڑکے کو کیا اعتراض ہوسکتا تھا۔وہ مسلم کمیونٹی سینٹر میں جا کر مسلمان ہوگیا اور اس کا اسلامی نام عبدالحق رکھ دیا گیا۔

''مہندی کی رسم ہورہی تھی۔عورتیں برجیس کو طنز کے ساتھ مبارک باد دے رہی تھیں۔''

''مسلمان تو ہوگیا،اس کے ختنے بھی ہوئے ہیں؟''

برجیس کا دل دھڑک اٹھا۔

''رہنے دو بہن جاپانی ہے،باقی کیا بچے گا۔'' کسی نے ہنستے ہوئے کہا۔

برجیس کا دل ڈوب گیا۔

رات کو دونوں ماں بیٹی اکٹھی بیٹھی ہوئی تھیں۔برجیس نے محبت سے پوچھا۔

''بیٹی تمہیں کوئی مسلمان پسند نہیں آیا۔آخر اس میں ایسی کون سی بات ہے؟''

کنیز نے بڑی قناعت سے کہا۔''ڈیڈی جب سگریٹ پیتے تھے......''

برجیس اس کے بعد کچھ نہ سن سکی۔

☆☆

آغا گل

دوسری بابری مسجد

دونوں کے درمیان ہندو مسلم فساد برسوں جاری رہا۔ شیل کو یقین تھا کہ یہ سارے مسلمان یہی اپنے بلوچستان کے ہیں۔ اتنی بڑی تعداد میں عرب سے ہجرت کرتے تو کوئی تاریخ داں کوئی ہمعصر نشان دہی تو کرتا۔ پھر ایک ہی شکلیں خوبیاں اور برائیاں بھی ایک سی۔ بہر حال وہ اپنے دھرم پر قائم تھی اور سرِ مو انحراف کے لئے تیار نہ تھی۔ بابر چاہتا تھا کہ کسی طور شیل مشرف بہ اسلام ہو جائے، تا کہ ان کی شادی ہو سکے۔ دونوں اتنے محتاط تھے کہ ان کے گھرانے تک ہی بات محدود تھی۔

محبت کی ابتداء بھی جنگ سے ہوئی، ہوا یوں کہ بچپن میں ایک بار بابر بچوں کو اکٹھا کر کے ہندو محلہ پر چڑھ دوڑا۔ اگلے روز طلبی ہوئی۔ وہ اپنے والد میر مہر اللہ خان کے سامنے مجرم بنا کھڑا تھا۔ اس کی آنکھوں میں احترام تھا، خوف کا شائبہ تک نہ تھا۔ مہر اللہ خان نہایت پرسکون انداز میں ہندو پنچایت کو یقین دلا رہے تھے کہ کل کا واقعہ بچوں کی ایک شرارت سے اہم نہیں ہے۔ مگر ہندوؤں کو خدشہ تھا کہ ایسے واقعات کے دوررس نتائج ہو سکتے ہیں یہ کسی بڑے فساد کا پیش خیمہ بھی ہو سکتا ہے۔

پندت روی کشن کے ساتھ ایک کانچ کی گڑیا بیٹھی مسلسل بابر کو شعلہ بار نظروں سے دیکھے جا رہی تھی۔ مانو کچا ہی چبا ڈالے گی۔ اس کی سفید رنگت میں ڈوبتے سورج کی کندن سی چمک تھی، اس کی چوٹیاں غیر معمولی طور پر طویل تھیں۔ یکا یک وہ طنطناتی ہوئی، اُٹھ کھڑی ہوئی۔ اُس کا حسین چہرہ غصے میں دمک رہا تھا، اور کانچ کی تپتی چٹانوں کی طرح اُس کے رخساروں پر سرخی پھیل رہی تھی۔

''یہ سب کہہ رہے تھے،

آدمی روئی آدھا کباب

ہندوؤں کو مارنا بڑا ثواب

انہوں نے ہمارے کھلونے توڑ ڈالے، کچھ کھلونے اٹھا کر بھی لے گئے! چور!''

''جواب دو۔'' مہر اللہ خان نے سخت لہجے میں پوچھا۔

''ہم جہاد کرنے گئے تھے۔'' ایک لمحے کے لئے سناٹا چھا گیا۔

''مگر کیوں، کیا کیا تھا انہوں نے؟'' مہر اللہ خان کا لہجہ بدستور تلخ تھا۔

''کچھ نہیں مگر ماسٹر جی بتایا ہے کہ ہندوؤں کو مارنا ثواب ہے، اسے جہاد کہتے ہیں۔''

میر۔ تاں اوتاخ ایک مشترکہ قہقہے سے گونج اٹھا۔

مہر اللہ خان بڑے جز بز ہوئے۔

''اسلام میں اور ہم بلوچوں میں کسی پڑوسی کو ستانا بہت بڑا گناہ ہے، میں تمہارے ٹیچر سے بات کروں گا، آئندہ ایسی حرکت نہ کرنا، بلکہ دوسروں کو بھی روکنا، جاؤ چاچا سے معافی مانگو۔''

لیکن روی شنکر نے بابر کے سر پر ہاتھ پھیر کر دعا دی۔

''اور سنو شیل کو آئندہ شکایت کا موقع نہ دینا، اسے گھر لے جاؤ۔''

''تمہارا نام کیا ہے؟'' بعد میں بابر نے پوچھا۔

''شیلا کماری۔''

''اس کا مطلب؟''

''پتھر کی بنی ہوئی شہزادی۔ آئندہ مجھ سے نہ لڑنا ورنہ جان نکالوں گی۔'' اُس نے اپنے ناخن دکھاتے ہوئے کہا۔

بابر اکثر کہا کرتا، ''شیل کاش اس جہاد میں تمہارے ہاتھوں شہید ہو جاتا۔''

اُس دن شیل کانی تحفے لے کر اُن کے گھر سے رخصت ہوئی، اپنے گھر آ کر اس نے سب کو تحفے دکھائے، اور بابر کی باتیں کرتی رہی۔ پھر اکثر وہ ساتھ ساتھ کھیلنے لگے، اور کسی ایسے رشتے میں بندھ گئے جس کا کوئی نام نہیں ہے۔

انسان نے تو مادی اشیاء کے ہزاروں نام رکھے ہیں مگر پُر اسرار طاقت اور جذبے کو محبت کہہ کر۔ جنرلائز (Generalise) کر دیا۔

عقیدے سے محبت، وطن سے محبت، محبوبہ سے محبت کتنا تضاد کس قدر فرق ہے۔ مگر ایک نام دے کر لاتعلق ہو گئے۔ انسان جسمانی سوچوں کے آگے تو نکلا ہی نہیں، یہ مخلوق چند لاکھ سال پہلے تک تو کیچوے کھاتی تھی اور درختوں سے لٹکتی تھی، جس طرح جغرافیائی شمال اور مقناطیسی شمال میں فرق ہے بعینہٖ ایک جغرافیائی دنیا ہے ایک محبت کی دنیا ہے، جس کا فاصلوں سے کوئی سروکار نہیں۔ ایک گھاٹ میں بند عمر قید کے دو قیدی زندگی بھر ساتھ رہ کر بھی لاتعلق رہتے ہیں اور مختلف براعظموں میں بسنے والے دو پریمی ایک ساتھ جیتے ہیں۔ ہر علم پر ہزاروں کتابیں ہیں۔ محبت پر ایک بھی نہیں، علم کی کسی شاخ کا نام محبت نہیں ہے!

شیل تعلیم یافتہ گھرانے کی بیٹی تھی، اس کا گھرانہ روایت پسند تھا ایک خاص انداز میں ہر نسل کی تربیت دلائی انہیں دلیر اور شجاع لوگوں کے قصے سنائے جاتے، راجا پرتاپ سنگھ، جس نے زندگی بھر مغلوں سے جنگ کی، سداشو راؤ، بہاؤ جس نے پانی پت کی تیسری جنگ میں گھیرے میں آجانے کے باوجود ہتھیار نہ ڈالے، اُسے سر کی سلامتی کی ضمانت دی گئی۔ مگر اس نے لڑتے ہوئے جان دی، اور دیوان بچل مل تو کل ہی کی بات ہے، قلات میں جنگ جاری تھی جب انگریزوں نے خان قلات کے محل کے خفیہ راستے سے دربار تک رسائل حاصل کر لی، اور اچانک دھاوا بول دیا۔ بچل مل کو خان رشید نے لڑنے سے روک دیا کہ تم ہندو ہو، ہمارے باہوٹ (زیر پناہ) ہو تمہیں جنگ میں جھونکنا ہمارے دین کے خلاف ہے، ہاں مسلمان ہوتے تو ٹھیک تھا، دیوان بچل مل نے تلوار سونت لی اور کہا اگر مردانگی اور جاں نثاری کی راہ میں یہی رکاوٹ ہے تو میں وفا کے نام پر بھی یہ شرط مانتا ہوں، اس نے با آوازِ بلند کلمۂ شہادت پڑھا اور اپنے بیٹوں سمیت دست بدست لڑائی میں دادِ شجاعت دیتے ہوئے جان دے دی۔

ایسے مضبوط (Feed Back) کی وجہ سے شیل واقعی شیلا تھی، وہ تلسی کی طرح تھی، جس کے

بارے میں عقیدہ ہے کہ جہاں تلسی ہو وہاں سانپ یا کوئی خطرناک چیز داخل نہیں ہوسکتی۔اس لئے شیل سے کسی غیر ذمہ دارانہ رویے کا امکان ہی نہ تھا۔

بابر بھی میر مہر عبداللہ خان کا بیٹا تھا، روایات کے سانچے میں ڈھل کر نکلا تھا۔یہ تاریخ کا فیصلہ ہے کہ چھوٹے شہروں نے ہی بڑے انسان پیدا کئے۔ان کا خاندان بلوچستان بھر میں عزت و احترام کی نگاہ سے دیکھا جاتا ہے۔اور خاندانوں کو عزت و وقار دس بیس برسوں میں نہیں ملتا۔اس کے لئے عمروں کی تپسیا چاہئے۔یہی وجہ ہے کہ بابر اور شیل کی وابستگی کا علم محض ان ہی دو گھرانوں تک محدود رہا۔

عشق بھی بس ظرف کی بات ہے۔سالک اور مجذوب کا سا فرق ہے۔

سالک تو معرفت کے پیالے پی کر بھی باہوش رہتا ہے۔اور مجذوب ادنیٰ تجلی پر ہی ہوش و حواس کھو بیٹھتا ہے یہ جو کہتے ہیں، عشق چھپائے نہیں چھپتا، عام لوگوں کی بات ہے، ورنہ وہ عشق بھی کیا جس کا چرچا ہو، افواہوں کے جلو میں گلی گلی بھٹکتا پھرے۔

شیلا کماری کا تعلق کشمیر کے براہمن خاندان سے تھا، ایک صدی سے ان کا گھرانہ کشمیر کی سرد وادیاں چھوڑ کر سیوی کی جلتی گلیوں میں سمٹ آیا تھا۔سیوی کے بارے میں صدیوں پہلے مسلمان فاتحین نے احتجاجاً کہا تھا۔

سیوی و سیوستان ساختی

دوزخ چرا پرداختی

(سیوی و سیوستان جیسے گرم علاقوں کے ہوتے ہوئے اے خدا دوزخ کی کیا ضرورت تھی؟)

سیوی ہمیشہ سے ہندوؤں کا گڑھ رہا، درہ بولان کا دروازہ ہونے کے ناطے اس کی اپنی ایک حیثیت رہی، کئی بار اُجڑا، کئی بار آباد ہوا، سیوا راجاؤں کا پایۂ تخت رہا، مائی سیوی کی راجدھانی رہا۔ میر چاکر خان رند نے اسے دارالخلافہ کے طور پر پسند کیا۔آٹھویں اور بارھویں صدی کے درمیان بلوچستان میں اسلام پھیلا تو ہندوؤں کی تعداد کم ہوتی چلی گئی۔پھر تو یہ حالت ہوئی کہ ہنگلاج کے

مقدس غار (لاس بیلہ) کالی کا مندر (قلات) اور بدھڑا شال (کوئٹہ) جیسے مقامات یاتریوں کو ترس گئے۔ خوانین قلات کا دورِ سلطنت آیا تو انہوں نے ہندوؤں کو سرکار دربار میں خاص اہمیت دی۔ ہمیشہ ہندو ہی وزیر مالیات مقرر کئے جاتے۔ دیوانی اور فوجداری مقدمات کے تصفیے کے لئے ان کا اپنا پنچایتی نظام قائم رہا۔ یوں تو انہیں مکمل آزادی تھی لیکن ان تمام مراعات کے باوجود درجہ دوئم کا شہری ہی سمجھا جاتا، صدیوں کے معاشرتی دباؤ اور نفسیاتی محرومیوں سے بچنے کے لئے خاندان مشرف بہ اسلام ہو گئے۔

لیکن شیل کا خاندان بھی ان گھرانوں میں شامل تھا جو اپنے عقائد پر قائم تھے۔ اب صرف وہ لوگ بچے تھے جو ٹوٹ تو سکتے تھے، جھک نہیں سکتے تھے، روی شنکر ذات کے براہمن تھے۔ اُن کے دادا پرشوتم داس واقعتاً ہی پرشوتم (صاحب علم) تھے، انہوں نے پتا (باپ) کی مخالفت کے باوجود انگریزوں کی ملازمت اختیار کر لی۔ واپسی فرنچ افغانستان، جاتے ہوئے انہیں سیوی میں ملا تھا۔ واپسی فرنچ کی نگاہیں جوہر شناس تھیں۔ اس نے تعارفی خط دیا۔ جو گویا خاندان کی قسمت بدل گیا۔ جب گورنر بمبئی، جنرل ٹمپل کو زبردستی سیوی بھجوایا گیا۔ تاکہ درۂ بولان سے ریلوے لائن گزارنے کے امکانات کا جائزہ لے تو اسی گھرانے نے اس کی مدد کی۔ حالات کے رُخ خود ہی بدل رہے تھے۔

۱۸۷۸ء میں امیر افغانستان نے کسی برطانوی مشن کے استقبال کی منظوری ٹھکرا دی۔ ۱۸۷۹ء میں برطانوی اسٹاف کو کابل میں قتل کر دیا گیا۔ بدلتے ہوئے سیاسی حالات اور زارِ روس کی ممکنہ پیش قدمی کے مدِ نظر درہ خیبر اور درہ بولان کی اہمیت اچانک بڑھ گئی۔ انگریزوں کو ان علاقوں میں اپنے دوستوں کی تلاش ہوئی۔ درہ بولان کا دروازہ سیوی تھا لہٰذا یہاں بھی عنایات ہوئیں۔ اسی دوران لارڈ لٹن کی فارورڈ پالیسی سامنے آئی برطانوی جنون کا یہ عالم تھا کہ سندھ سے سیوی تک ۱۳۲ میل ریلوے لائن ایک سو ایک دن میں مکمل کر لی۔ ۱۴ر جنوری ۱۸۸۰ء کو دھواں اُگلتا انجن سیوی میں داخل ہوا۔

پرشوتم داس کے بیٹے وشوناتھ نے درہ بولان میں ریلوے لائن بچھانے میں اہم کردار ادا کیا۔ یہاں ان کے ساتھ مرزا محمد ہادی رسوا بطور اوورسیئر رہے، جنہوں نے بعد ازاں امراؤ جان ادا، ناول تخلیق کر کے شہرت دوام حاصل کی۔ مسلسل خدمت کے صلے میں وشوناتھ کو رائے بہادر کے خطاب سے نوازا گیا۔ چاہتے تو سیوی کے آس پاس پھیلے ہوئے ببول کے جنگلوں میں شاندار سا بنگلہ بنا کر راجاؤں کی طرح رہتے۔ مگر وہ روایت پسند تھے۔ طبیعت میں انکساری تھی اور یہ بھی جانتے تھے کہ اقلیت کو اجتماعیت میں ہی تحفظ ملتا ہے۔ لہٰذا ہندو محلہ میں ہی ایک حویلی بنا کر رہنے لگے۔ لیکن شیو شکتی کے آگے تو سبھی بے بس ہیں۔ نٹ راج کے محوِ رقص پاؤں ایک ایک جنبش سے نئے انقلابات لاتے ہیں۔ شیو ایک عروج دے کر اسے زوال پہ لاتا ہے اور زوال کو نیا عروج دیتا ہے، یہی اس کے رقص کا زیر و بم ہے اور یہی ان کا مقدر۔

جب شیل نے آنکھیں کھولیں تو حویلی کے در و دیوار سے ماضی کے تابناک فسانے لپٹے ہوئے تھے، مگر اب اس کے پتا روی شنکر ایک عام سی حیثیت کے تاجر تھے۔ وہ کلکتہ کے گریجویٹ تھے، ۱۹۶۸ء تک تحصیلدار اور اسسٹنٹ کمشنر رہے۔ مگر بعض حکومتی کارروائیوں کی سخت مخالفت کی خصوصاً مہر اللہ خان کے قبیلے کے خلاف ہونے والی کارروائیوں کو انہوں نے غیر آئینی قرار دیا ہے۔ کارروائیاں تو برقرار رہیں مگر انہیں ملازمت سے الگ کر دیا گیا۔ دنیاوی ترقی کے گر وہ جانتے تو تھے مگر ان پر عمل کرنے سے وہ مر جانا بہتر سمجھتے تھے۔ ہر کوئی یہودہ اسکریوتی تو نہیں ہو سکتا۔ وہ خودکشی کے لئے تیار تو ہو سکتے ہیں مگر ضمیر کشی کے لئے نہیں۔ یہ بات علاقے کا ہر شخص جانتا تھا اور ان کا احترام کرتا تھا۔ خصوصاً مہر اللہ خان کا قبیلہ جس کے لئے انہوں نے اتنی بڑی قربانی دی مگر جتایا کبھی نہیں۔

بابر اور شیل کے ساتھ گزرنے والے سال تیزی سے ختم ہوتے چلے گئے، حتیٰ کہ بابر کو زبردستی فوج میں بھیج دیا گیا۔ اس نے والد سے خاصی بحث کی، مگر مہر اللہ خان کے فیصلے اٹل ہوا کرتے تھے۔ انہوں نے چند لفظوں میں فیصلہ سنا دیا۔

''اب دنیا بھر کی فوجیں جنگجو فوجیں نہیں حکمراں فوجیں ہیں۔ بادشاہ گر فوجیں ہیں جو کبھی کبھار تزک اور احتشام سے شہروں میں پریڈ کر لیتی ہیں۔ یا ریڈ سکوائر پر طاقت کا مظاہرہ کرتی ہیں۔ یہ معاشی جنگوں کا دور ہے، تمہیں کوئی خطرہ نہیں۔''

''میں خطرے سے نہیں ڈرتا! میں سیوی میں رہنا چاہتا ہوں۔ اپنے لوگوں کے ساتھ، اپنے لوگوں کے لئے۔''

''اعلیٰ افسر اپنے لوگوں کے لئے زیادہ مفید ثابت ہو سکتے ہیں۔ یہ بات میں پہلے جانتا تو خود بھی سول سروس میں شامل ہو جاتا۔''

''مگر بابا۔ میں سیوی سے دور نہیں جانا چاہتا۔ میں تو'' وہ خاموش ہو گیا۔

''میں جانتا ہوں۔ مگر شیل سے تمہاری شادی میرے اختیار سے باہر ہے۔ میرے ایک اشارے پر قتل و غارت ہو سکتا ہے، قاتلوں کو خبر دی جا سکتی ہے مگر یہ نہیں ہو سکتا۔ شیل کبھی مذہب تبدیل نہیں کرے گی اگر اس نے کبھی ایسا سوچا بھی تو میں اس کی مخالفت کروں گا۔ رودی شنکر کی ہندو برادری میں کیا عزت رہ جائے گی؟

تم جانتے ہو اس کی قیمت پورے گھرانے کو ادا کرنی ہوگی۔''

بابر نے روح کی تمام تر طاقت کو مجتمع کر کے پوچھا۔

''اور اگر میں ___ !'' مہر اللہ خان ساکت و جامد رہ گئے۔ پھر رفتہ رفتہ نارمل ہو گئے۔

''میں تمہیں نہیں روکوں گا۔ مگر تم میرے اکلوتے بیٹے ہو۔ خاندان کا نام اب تم سے ہی چلے گا۔ صدیوں ہمارے گھوڑوں کی ٹاپوں سے دشمن کانپتے رہے، ہم نے حکومت کرنا سیکھا ہے۔ بابا احمد شاہ کے ہم حلیف رہے۔ نصیر خان نوری کے ساتھ مل کر مرہٹوں کی طاقت کو کچل دیا۔ انگریزوں سے ٹکرائے، اور ___ ''

وہ مزید کچھ نہ بول سکے۔ انہوں نے جب سر اٹھا کر دیکھا تو بابر جا چکا تھا۔

جب بابر ملٹری اکیڈمی کا کول جا رہا تھا۔ شیلا کی بڑی بڑی سیاہ آنکھوں میں ہزاروں طوفان

تھے۔لاکھوں سمندر موجزن تھے۔مگر صرف اس کا کاجل ہی ہلکا سا پھیلا۔

''میں شیلا نہیں، ٹلسی ہوں، میں تمہارا انتظار کروں گی۔'' پھر سائیں سائیں کرتی ہواؤں میں وہ اکیلی رہ گئی۔بابر جب بھی چھٹیوں میں گھر آتا، دونوں گھنٹوں باتیں کرتے۔فون پر! ہر پوسٹنگ پر بابر کی تنخواہ کا بڑا حصہ ٹیلی فون کی نذر ہو جاتا۔محکمہ فون کو زیادہ ریونیو پریمیوں سے ملتا ہے۔تبھی تو تین ارب روپے سالانہ کما کر دے رہا ہے۔

اور محکمہ ڈاک پوری دنیا میں ہی خسارے میں چل رہا ہے۔

جب بابر سینئر کیپٹن تھا اور میجر بننے کے امکانات خاصے روشن تھے۔ بمباں والا، راوی، بیدیاں، لنک کینال (بی آر بی) کے قریب ایک فوجی مشق کے دوران حادثاتی طور پر ایم نائن جیسی بھدی اور بے مصرف اسٹین گن کی زد میں آ گیا۔اس کی ٹانگیں بری طرح زخمی ہو گئیں۔

شدید گرمی میں اتنا طویل اضافہ طے کر کے روی شنکر بھی اپنے بیٹے بسنت کمار کے ساتھ لاہور آ پہنچے۔بابر کمبائینڈ ملٹری ہسپتال کے ایک کمرے میں مفلوج پڑا تھا۔روی شنکر پر نظر پڑتے ہی اس کا چہرہ کھِل اٹھا۔خود مہر اللہ خان کو بھی روی کے آنے پر پُرمسرت حیرت ہوئی۔

بابر نے یوں مضبوطی سے روی شنکر کا ہاتھ پکڑ لیا، جیسے کبھی یہ ہاتھ نہیں چھوڑے گا۔

''انکل آپ کیسے ہیں؟''

اُسے شیل کی خوشبو آ رہی تھی۔

روی شنکر کی آنکھیں ڈبڈبا گئیں۔

''تم اپنی کہو بیٹا کیسے ہو؟''

''انکل پہلے ہمیں تلواریں پڑتیں تھیں۔اب گولیاں لگتی ہیں۔ہم مارشل لاء ریس کے لوگ ہیں۔ہمارے لئے عام سی بات ہے۔چاچی کا کیا حال ہے اور ___ وہ خاموش ہو گیا۔

کس قدر مشکل ہے خاموش رہنا بھی! انسان کی سب سے بڑا سزا ابھی تو خاموشی ہے۔زندگی کے ویران جزیرے جہاں بولنے کا حق حاصل نہیں ہوتا۔اسی لئے تو حکمراں سزائے موت کی

بجائے قید تنہائی دیتے ہیں تا کہ انسان ہر ہر لمحہ مرتا رہے۔

"سب خیرت سے ہیں بیٹا، تمہارے لئے دعا کرتے ہیں، شیل تو تم جانتے ہو، ایم اے انگلش کرنے کے بعد گرلز کالج میں پڑھانے لگی ہے۔ بہت ہی پریشان تھی وہ!"

روی کے چہرے سے کرب گزر گیا۔ گرد اُڑاتے بگولوں کی طرح جو غزنی کے راستوں میں اڑتے ہیں۔ اچانک انہیں احساس ہوا کہ یہ سب کچھ انہیں نہیں کہنا چاہئے تھا۔ رشتوں کی بھاری زنجیروں سے بندھے بے بس انسانوں کی طرح وہ چپ ہو گئے۔

اُسی شام اُس نے ڈاکٹر سے فرمائش کی۔

"ڈاکٹر مجھے کوئی تیز سا انیل جیزک دے دو، تا کہ میرے سانسوں سے بھی کسی تکلیف کا احساس نہ ہو۔"

ڈاکٹر بھی زندہ دل تھا، شاید اس نے بھی کبھی محبت کی ہو تبھی اتنا اچھا تھا، اس نے گفتگو کی اجازت بھی دے دی اور تکیے لگوا کر بستر میں اس کا سر کچھ دیر کے لئے بلند کروا دیا۔

مگر فون کی دوسری جانب شیل کی سسکیاں تھیں۔

"شیل، شیل۔"

وہ کہتا چلا گیا، مگر شیل کی سسکیوں کے سوا وہ کچھ نہ سن پایا حتیٰ کہ ہلکی سی کلک کے ساتھ لائن ڈراپ ہو گئی۔

علاج کے بعد بابر کو اعزاز اور تمام سہولتوں کے ساتھ فوج سے ڈس ایبل قرار دے کر گھر بھجوا دیا گیا۔ رفتہ رفتہ وہ بلا سہارا چلنے لگا۔ اب وہ اپنی زمین جائیداد کو سنبھالنے لگا۔ مگر اس کا نتیجہ یہ ہوا کہ اس کا کزن ببرک مخالفت پر اُتر آیا، کیونکہ پہلے وہ تمام آمدن کا مالک تھا، رہتا بھی اُن کے گھر تھا۔ کیونکہ بچپن میں اس کے والد کا انتقال ہو گیا تھا۔ مصاحبوں کی صحبت کم تعلیم کی وجہ سے وہ بابر کو اپنا دشمن سمجھنے لگا اور نہایت خاموشی سے بابر کے خاتمے کے بارے میں منصوبے بنانے لگا۔ بلوچستان میں سب سے بڑا دشمن ہی سیال (کزن ہوا کرتا ہے، تبھی بلوچی کا محاورہ ہے۔" سیال چہ

سیالاں کم بود گوش ہائے بُز''

(کزن سبقت لے جانا چاہے تو اس کے کان کاٹ ڈالو۔)

جن سالوں میں وہ باہر رہا۔ سیوی میں بہت سی انقلابی تبدیلیاں رونما ہوئیں۔ بڑی شہروں والے جراثیم بھی در آئے۔ جدائی کے کتنے جنگ شیل نے کتابوں میں ڈبو دیئے۔ مطالعہ ہی فراریت کا ذریعہ رہا جس نے اس کی سوچوں میں گہرائی اور جذبات میں استحکام پیدا کر دیا۔ لٹریچر کے حوالے سے اُسے معلوم ہوا کہ انٹلکچول کلاس قرنوں سے ذہنی کرب اور معاشرتی جبر و تشدد کا شکار رہی ہے، اس حقیقت نے خاصی حد تک اس کا احساس محرومی زائل کر دیا۔ گرلز کالج میں وہ خاصی مقبول تھی اور ہندو برادری میں خصوصاً اس کا بہت احترام تھا۔ بڑی دھارمک تھی وہ!

بابر کو اس حالت میں دیکھ کر اس کا دل کانپ اٹھتا تھا بچپن میں کیسے چاکر خان کے قلعے کی شکستہ فصیلوں اور برجیوں پر چڑھ جاتا، اور زور زور سے اُسے آوازیں دیتا۔ گھنی بیریوں میں شاخ در شاخ گھومتا اس کے دوپٹے میں بیر پھینکتا، برق رفتار گلہریوں کو پکڑنے کے لیئے دوڑیں لگاتا۔

مگر بابر اب بھی ویسا ہی تھا۔ کیئر فری، زندہ دل۔

''میرا خیال تھا تم مجھے وھیل چیئر پر لئے پھرو گی۔'' بابر ہنسا، وہ آنسو پی کر بولی۔

''اور جمعہ کے دن جامع مسجد کے سامنے لے جایا کروں گی۔''

سبھی ہنسنے لگے، ایک غیر قدرتی ہنسی۔ کیونکہ جمعہ کے دن سارے بھکاری جامع مسجد کے سامنے جمع ہو جایا کرتے تھے۔ بابر کا انداز ہی ایسا تھا۔ ہلے ہوائے سا۔ کہ چند دنوں میں لوگ یہ سب نارمل سا لینے لگے۔

اچانک سیوی میں ہنگامے شروع ہو گئے، ہندوستان میں بابری مسجد کا قضیہ ایک بار پھر کوہ سلطان کی روح کی طرح جاگ اٹھا۔ اُس پر سکون شہر پر بھی دھوئیں راکھ اور انگاروں کی بارش سی ہونے لگی۔ اجودھیا کے ہندو بابری مسجد کو مندر میں تبدیل کرنا چاہتے تھے، ان کا موقف یہ تھا یہ رام کی جنم بھومی ہے، یہاں مندر ہونا چاہئے۔ دنیا بھر کے مسلمانوں میں شدید بے چینی پھیل گئی، سیوی

میں بھی لوگ مشتعل ہو رہے تھے۔ تیسری دنیا کے دبے ہوئے لوگ پلک جھپکنے میں مضطرب ہو جاتے ہیں۔ بلوچستان میں بیلنس آف پاور اب مختلف تھا۔ بات اکثریت یا اقلیت کی نہیں تھی فائر پاور کی تھی۔

دونوں قوموں کے سمجھدار لوگ کسی بھی امکانی تلخی سے بچنا چاہتے تھے۔ لیکن ایک حادثے نے حالات کا رخ بدل دیا، اسی کشیدگی کے دور میں رات گئے، بابر تنگ گلیوں سے ہوتا ہوا ہندو محلّہ سے گزر رہا تھا، مقصد صرف یہ تھا کہ شیل کی حویلی کے پاس سے گزر جائے، اُسے اس قدیم آبادی سے دلی محبت تھی، اینٹوں سے بنے دو منزلہ مکانوں کی طویل قطاریں گھونگھٹ کاڑھے ہندو عورتیں مندر آتی جاتی رہتیں۔ مندر کے بھاری چوبی دروازے کا ایک پٹ ہمیشہ کھلا رہتا۔ اینٹوں کے فرش پر دور، درخت کے نیچے خوب صورت سفید گائے بندھی رہتی۔ اسی مندر کی سیڑھیوں پر وہ بچپن میں دیر تک بیٹھا شیل کی راہ تکا کرتا تھا۔ جو سامنے اپنے گھر کی بالکونی پر کبھی کبھار آتی اور اسے دیکھ دیکھ کر مسکراتی۔ سرِ شام ہندو عورتیں پر پیچ کمروں والے مکانوں سے نکل نکل کر گلیوں میں پتھر کے کوئلوں والی انگیٹھیاں سُلگنے کو رکھ جاتیں، ہندوؤں کے کان بھی پر پیچ ہوا کرتے ہیں ان کے ذہنوں کی طرح، ورنہ تو وہ صفر ایجاد نہ کر سکتے جو پہیے کے بعد انسان کی سب سے بڑی ایجاد ہے۔

گلیاں کوئلے کے دھوئیں اور اُترتے سائے سے بھرنے لگتیں، اسے بچپن سے یہ دھواں اچھا لگتا۔

ایک بار فوج میں کمانڈر نے اسے دھواں سونگھتے دیکھا تو گرج کر انگریزی میں بولا۔

''یہ زہر ہے۔''

''مگر رومینٹک ہے۔'' اس نے کوئی تاثر لئے بغیر انگریزی میں جواب دیا۔ ببرک ہفتوں سے ایسے سنہری موقع کی تلاش میں تھا۔ اس نے جلدی سے ایک ساتھی سے چڑی لے کر مول کیا اندھیرے سے وہ اچانک ایک زندہ حقیقت کی طرح نکل کر سامنے آ گیا۔ قد، انداز اور چال ڈھال سے بابر نے اُسے پھر بھی پہچان لیا۔ اس سے پہلے کہ بابر کچھ سمجھ سکتا۔ ببرگ کے میکاروف

سے یکے بعد دیگر شعلے نکلے، پہلی گولی بابر کے سر سے سنسناتی ہوئی گزر گئی۔ دوسری دائیں بازو میں لگی اور تیسری سینے میں پیوست ہوگئی۔ بابر لڑکھڑا کر گرا۔ مکانوں کے دروازے کھلنے لگے۔ روشنیاں شور ہجوم اس کا ذہن اندھیروں میں ڈوبتا چلا گیا۔

شہر میں کہرام مچ گیا کہ بابر پر ہندوؤں نے قاتلانہ حملہ کیا ہے۔ اس خبر کو زیادہ تقویت ببرک نے دی، جو بدلہ، بدلہ اور انتقام، انتقام چلاتا پھر رہا تھا۔ ان کے قبیلے کے مردان ہتھیاروں کے ساتھ جو فطری طور پر مل سکے دور دراز کے پہاڑوں اور وادیوں سے اتر کر سیوی پہونچنے لگے۔

اے کے ۴۷ (کلاشنکوف) سیمانوف، روسی برک مین، دوسری جنگِ عظیم کی اسٹین گن، لمبی بیرل والی تھری ناٹ تھری جو دنیا بھر میں متروک ہو چکی ہے، اسرائیل کی اسالٹ رائفل اوزی اور گلیل چیکوسلواکیہ کی ننھی منی سگار پین۔ ان کی حویلی میں دیکھتے ہی دیکھتے کسی فوجی چھاؤنی میں تبدیل ہوگئی۔ مہراللہ خان ان تمام چیزوں کے خلاف تھے۔ مگر قبائلی رواج کے مطابق سب کا استقبال کرنے پر مجبور تھے۔ اُنہیں شدت سے بابر کے ہوش میں آنے کا انتظار تھا۔

سول انتظامیہ کو اپنی نوکری کی فکر پڑگئی، فوری طور پر ہندو محلّہ کو گھیرے میں لے لیا گیا۔ اور ہندو پنچایت کو باہر نکلنے سے روک دیا گیا جو بابر کی خیریت دریافت کرنے جارہی تھی۔ حزبِ اختلاف کی سیاسی پارٹی نے فیصلہ کیا کہ برسرِ اقتدار پارٹی کو ہٹانے کا اس سے بہتر موقع شاید اگلے چند برس میں نہ مل سکے۔ انہوں نے اعتدال پسند مذہبی جماعتوں کو بھی مجبور کیا کہ جمعہ کی نماز کے بعد بطور احتجاج مندر کا گھیراؤ کر کے صدیوں سے رائج دستور کے مطابق ہندوؤں سے ملزم طلب کیا جائے۔

روی شنکر کے گھر میں گہرا سناٹا تھا۔ دن بھر وہ ہندو نوجوانوں کو پر امن رہنے کی تلقین کرتے۔ ہری شیو است سنگ جیسی انقلابی تنظیم طاقت سے جواب دینا چاہتی تھی۔ مقامی حکام سے رابطہ قائم کرتے، حتیٰ کہ کسی شر پسند نے ٹیلی فون کے سلسلے کاٹ دیئے اور بیرونی دنیا سے اُن کے رابطے ختم ہوگئے۔ شیل ہمہ وقت مندر میں رہتی۔ وہ شریمد بھگوت گیتا میں کھو جاتی جو علم کا خزینہ ہے۔ جب سری کشن نے ٹائم اور اسپیس کو کنٹرول کر کے کنتی کے بیٹے کو معرفت کا علم بخشا شاید ہفتوں یا مہینوں

میں مگر ٹائم کو کنٹرول کرنے کی وجہ سے یوں لگا ہے جیسے ایک ہی طویل گفتگو میں سب کچھ منتقل کردیا۔

شیل کے ذہن میں سانکھیہ یوگ کے تقویت بخش الفاظ گونجنے لگے۔

''نہ میں کبھی تھا اور نہ تو، نہ یہ راجے اور نہ ہم سب کبھی آئندہ ہوں گے جس پر ماترا سپرش اثر نہیں کرتے۔ دکھ اور سکھ میں یکساں رہتا ہے۔ حیات ابدی پاتا ہے۔ آتما کو نہ ہتھیار کاٹتے ہیں نہ اس کو آگ جلاتی ہے۔''

کرم یوگ، وگیان یوگ سے پرشوتم یوگ پر آجاتی۔ اس کا سینہ آنسوؤں سے جلنے لگتا۔ اس کا گلا رُندھ جاتا۔ مگر وہ ان جذباتی نوجوانوں کی دیدی تھی (اور بابر کی۔ کیا ہوں وہ سوچتی) بڑے پُروقار انداز میں وہ انہیں سمجھاتی اور ماحول کو قابو میں رکھتی۔ بابر کی جان بھی شاید اسی کی دعاؤں سے بچی، دعا ساؤنڈ ہے، ساؤنڈ انرجی ہے اور انرجی کو فنا نہیں۔ آپریشن کامیاب رہا، مگر بابر اب تک خطرے سے باہر نہیں آیا تھا، نہ ہی اُسے ہوش آیا تھا۔

جمعہ کے دن شہر میں بے چینی بڑھ گئی۔ مہراللہ خان نہ چاہتے ہوئے بھی جلوس کی قیادت کرنے کے لئے تیار ہو گئے تھے۔ تاکہ کوئی ناخوشگوار بات نہ ہو سکے۔ اس جلوس میں مذہبی یا قبائلی جذبات سے زیادہ اثر حزبِ اختلاف کا تھا۔ جو حالات کو زیادہ سے زیادہ خراب کرنا چاہتی تھی۔

جمعہ کی نماز میں انسانوں کا ٹھاٹھیں مارتا سمندر جمع ہو گیا۔ اِدھر ہری شیو است سنگ کے مسلح نوجوان مندر میں پوزیشن سنبھالنے لگے۔

اب زندگی میں چند سانسوں کی دیر تھی۔ شیلا کماری نے گھونگھٹ اُٹھا پھینکا اور میرا کی طرح گھنگھرو باندھ لیئے۔

''میں بابر کو مندر میں لاؤں گی، وہ لوگوں کو بتائے گا کہ اسے ہندوؤں نے نہیں مارا۔''

''بابر بے ہوش ہے۔''

''میں اسے لاؤں گی، میں اسے لاؤں گی۔''

روی کشن کے ماتھے پر پسینے کے قطرے ابھر آئے، اُن کے چہرے پر رنگ آتے جاتے رہے، وہ کچھ دیر موت وزیست کی کش مکش میں رہے، پھر انہوں نے سر اٹھایا۔

''میں تمہیں اجازت دیتا ہوں۔''

مندر کے پچھلے دروازے سے وہ اپنے بھائی بسنت اور چند ساتھیوں کے ساتھ نکلنے میں کامیاب ہوگئی۔ محافظ دستوں نے بھی نہ روکا۔ ان کا خیال تھا کہ شاید جان بچا کر بھاگ رہے تھے۔ وہ چاہتے تھے کہ کسی طرح سب نکل بھاگیں اور جلوس کو مندر خالی ملتا۔ مگر ہندو بھی مندر کی حفاظت میں جان دینے کا ارادہ کئے بیٹھے تھے۔

''یہ ان ٹینس سیو کیئر یونٹ (I.C.U) ہے۔ آپ اندر نہیں آ سکتیں۔''

''یہ ہزاروں لوگوں کی موت اور زندگی کا سوال ہے۔''

وہ ڈاکٹر کو دھکیلتے ہوئے آگے بڑھ گئی۔

''بابر، بابر،'' وہ ہذیانی انداز میں کہے چلی جا رہی تھی۔

ڈاکٹر مضحکہ خیز انداز میں انہیں گھورنے لگا۔

شیل نے آگے بڑھ کر بابر کی پیشانی پر ہاتھ رکھ دیا۔

''بابر، بابر''

''یسوع نے جواب میں ان سے کہا۔ خدا پر ایمان رکھو میں تم سے سچ کہتا ہوں کہ جو کوئی اس پہاڑ سے کہے اُکھڑ جا اور سمندر میں جا پڑ اور اپنے دل میں شک نہ کرے۔ بلکہ یقین کرے کہ جو کچھ وہ کہتا ہے وہ ہو جائے گا تو اس کے لئے وہی ہوگا۔ اسی لئے میں تم سے کہتا ہوں کہ جو کچھ تم دعاؤں میں مانگتے ہو یقین کرو کہ تم کو مل گیا۔ بکھرے بکھرے پھیکے رنگ واضح صورت اختیار کرنے لگے۔ قلاتی وزڑو میں ملبوس شیلا، اس کے سامنے کھڑی تھی، شیل کو یوں اس قدر قریب دیکھ کر اس کے زرد چہرے پر شفق رنگ بکھر گئے، اس نے جذبات پر قابو پانے کے لئے دانت بھینچ لئے، مگر اس کی بائیں آنکھ کے کونے میں ستارے کی ایک طرح ایک قطرہ جھلملانے لگا۔

شیل نے ایک ہی سانس میں سب کچھ کہہ ڈالا۔

بابر نے اپنی روح کی طاقت کو مجتمع کر کے کہا۔

''گلوکوز نکال دو، میں ساتھ چلوں گا۔''

ڈاکٹر اسٹاف کو آوازیں دیتا باہر بھاگا۔ ''روکو، ان کو روکو۔'' وہ چیخ رہا تھا۔

مندر گھیرے میں آ چکا تھا، قانون نافذ کرنے والے مسلح دستے مندر کی دیواروں سے کمر لگائے چاق و چوبند کھڑے تھے۔ انسانوں کا ٹھاٹھیں ماتا سمندر MOB میں تبدیل ہونے کو تھا۔ MOB جس کا کوئی دھرم کوئی عقیدہ نہیں ہوتا۔ ہندو مسلم فسادات دراصل MOB فسادات ہیں، ہندوؤں اور مسلمانوں کے نہیں، وہ تو صدیوں سے ساتھ ساتھ رہتے ہیں۔

کچھ شرپسند جلوس کے پُرامن لیڈروں کو دھکیل کر آگے بڑھ آئے۔ اُن میں سب سے زیادہ نمایاں ببرگ تھا، مندر کی دہلیز پر پاؤں رکھ کر وہ چیخا۔ ''بابر پر قاتلانہ حملہ کرنے والے کو ہمارے حوالے کر دو۔ ہم پانچ منٹ کی مہلت دیتے ہیں۔''

روی شنکر نے دلیری سے کہا۔

''کسی ایک کو باہر جانا ہوگا۔ سب کی جان بچانے کے لئے ایک انسانی جان چاہئے۔''

کئی ایک نوجوان ایک ساتھ آگے بڑھے۔

روی شنکر نے ان کو روک کر غیر متزلزل اور جذبات سے عاری آواز میں اپنے بیٹے بسنت کو پکارا۔

''باہر جا کر اپنے آپ کو پیش کر دو۔''

روی شنکر تو مہادیو کا دوسرا نام ہے۔

بسنت نے پتا کے پاؤں چھوئے اور نہایت اعتماد سے دروازے کی جانب بڑھا۔

عین اسی لمحے مندر کے عقبی راستے سے شیل ظاہر ہوئی۔

بابر کی وہیل چیئر دھکیلتے ہوئے وہ اندر داخل ہوئے۔ مندر کا قوی ہیکل ساگوانی گیٹ کھول دیا گیا۔ انسانوں کے موجیں مارتے سمندر پر حیرت اور خوشی سے سناٹا چھا گیا۔ کسی نے مجسٹریٹ سے

مائیک چھین کر بابر کے ہونٹوں سے لگا دیا۔

بابر نے مجمع پر نظر ڈالی، اس کی نگاہ ببرک سے الجھ گئی۔ اس نے پوری طاقت مجتمع کر کے کہا۔

"مجھے ہندوؤں نے نہیں مارا، ببرگ نے مارا ہے، دولت کے لئے، میرے بھائی نے مارا ہے۔"

مجمع ببرک پر جھپٹ پڑا، لوگ گتھم گتھا ہو گئے۔ اسی لمحے بابر تیورا کر سیڑھیوں پر گرا اور وقت کے طوفان میں کہیں کھو گیا۔

بابر کے سوئم پر ایک بڑا وفد آیا، وہ سب بابر کے نام پر سیوی میں بابری مسجد بنانا چاہتے تھے۔ مہر اللہ خان کا چہرہ سپاٹ تھا مگر ان کی آنکھوں میں غم کے اندھیرے تھے۔

"میرا بیٹا بابر کوئی بڑا آدمی نہیں تھا۔ نہ مغل شہنشاہ بابر، مغل یا منگول کا لفظ ہنگ سے بنا ہے، جس کا مطلب ہے خون آشام، سلاطین دہلی یا مغلیہ حکمران تو اپنے بیٹوں کی آنکھیں نکلوا دیا کرتے تھے۔ بھائیوں کی کھال اُتروا دیتے تھے۔ کسی شہنشاہ کا کوئی مذہب نہیں ہوگا۔ وہ تو بس شہنشاہ ہوتا ہے۔ شہنشاہ بابر کا مذہب سے کیا تعلق ہے؟ آپ تزک بابری پڑھ لیں وہ خود اپنے بارے میں کیا کچھ لکھتا ہے؟ "مسجدیں تو ضرور بنائیں، مگر اس روئے زمین پر اب دوسری بابری مسجد نہ بنائیں۔"

اگلے روز اخباروں نے شہ سرخیوں سے یہ خبر شائع کر دی۔ ان ہی اخباروں کے اندر والے صفحات پر جہاں اخباروں کو پالنے والے بڑے بڑے بے مقصد سرکاری اشتہارات ہوا کرتے ہیں۔ ایک چھوٹی سی اہم خبر تھی۔

سابقہ پی سی ایس پنڈت روی شنکر کی جواں سالہ بیٹی آگ کے شعلوں کی نذر ہو گئی۔
شیلا کماری غالباً کسی شادی میں جانے کے لئے تیار ہوئی، اس نے دلہنوں سا سنگار کیا، اچانک اس کے کمرے میں آگ بھڑک اٹھی، جس نے اس کی جان لے لی۔ اُس کے سوگ میں کل گرلز کالج بند رہے گا۔

☆☆

شوکت حیات

ہیولا

اس علاقے کے سناٹے کو دیکھ کر وہ سمجھ گیا کہ کل کی رات وہ اسی طرح آ نکلا ہوگا اور کسی نہ کسی کے گھر کی دیواریں تہس نہس کر کے دوسری جانب نکل گیا ہوگا۔ دیواروں کا انہدام تو عام بات تھی، جس علاقے سے اس کا گذر ہوگا، اس علاقے کے وہ تمام لوگ جو شب ڈھلنے تک اپنے ڈیرے کے باہر رہ جاتے، اس کا شکار بن کر اپنی جان یا کسی نہ کسی عضو کی سالمیت کو کھو بیٹھتے۔

خاص بات یہ تھی کہ وہ ہمیشہ اندھیری راتوں میں وارد ہوتا تھا۔ مہیب سناٹوں اور گھپ تاریکی میں جب کہ ہاتھ کو ہاتھ نہیں سوجھتا اور اسی لئے کوئی اسے آج تک دیکھ نہیں سکا تھا۔ یہ بھی اندازہ نہیں تھا کہ وہ آخر کیا ہے۔ آدمی، جانور یا کوئی بلا۔ بس اسی قدر قیاس کیا جاسکتا تھا کہ وہ ایک قبیح وجود ہے۔ غالباً کوئی درندہ صفت جاندار ورنہ آدمیوں اور گھر کی دیواروں کو زد میں لینا کسی چھوٹے موٹے جانور کے بس کی بات تھوڑے ہی ہے۔

گاہے گاہے وہ خاموشی سے آتا اور اپنے پیچھے ہلاکتوں کی نشانیاں چھوڑتا ہوا خاموشی سے چلا جاتا۔ مشکل یہ تھی کہ وہ اپنے منہ سے کوئی آواز بھی نہیں نکالتا تھا۔ جس کو سُن کر اندھیرے میں اس کی شناخت کی جاسکتی۔

شروع شروع میں تو لوگوں نے اسے کوئی خاص اہمیت نہیں دی۔ اندھیری رات میں دیر سے آنے والے کچھ لوگوں کی ٹانگیں ٹوٹ گئیں تو لوگ یہی سمجھتے کہ گلی کے آوارہ کتے ٹانگوں سے لپٹ گئے ہوں گے۔ ان سے پیچھا چھڑانے میں لوگ گرے ہوں گے اور ان کے پیر ٹوٹ گئے ہوں گے۔

لوگ سراسیمگی کے عالم میں بڑبڑاتے رہتے کہ نہیں وہ کتا نہیں ہوسکتا، وہ بلی بھی نہیں ہوسکتی۔ وہ کیا ہوسکتا ہے کہ کہنا مشکل ہے لیکن وہ جو بھی ہو، ہم اس کے سامنے بے دست و پا تھے۔ بغیر

گرے ہوئے ہمارے پاؤں اس کے پنجوں کی شکتی کی تاب نہ لاتے ہوئے ٹوٹے ہیں۔

بات آئی گئی ہوگئی۔ یوں بھی جس پر گزرتی ہے، اسی کو گزرے ہوئے لمحوں کا عرفان حاصل ہوتا ہے۔ دوسرا کوئی سن اور سمجھ کر ان لمحوں کی گرد تک بھی نہیں پہنچ سکتا۔ اگلے ہی مہینے کی اندھیری راتوں میں کچھ لوگ دیر سے آتے ہوئے مارے گئے۔ صبح سڑکوں پر انہیں مردہ پایا گیا۔ ان کے جسموں پر کہیں کوئی قابل ذکر نشان نہیں تھا سوا اس کے کہ ان کے سینے پر کسی وزنی چیز کے نیچے دبے رہنے کا گمان ہوتا تھا پھر کچھ مکانوں کی دیواریں خاموشی کے ساتھ زمین پر آرہیں۔ اب لوگوں نے سمجھا کہ ہو نہ ہو کوئی انہونی پراسرار معاملہ ہے۔

بڑے بوڑھوں نے اپنی یادداشت کی پرتوں کو کھرچ کھرچ کر تارتار کر دیا۔ ماہر عمرانیات، حیوانیات اور دیگر علوم وفنون کے دماغوں نے اپنی الماریاں چھان ماریں، ایسا کوئی چرندہ، پرندہ یا درندہ کہیں نہیں تھا، جو اس طرح تاریکیوں میں اپنے پیچھے سراغ کی کوئی نشانی چھوڑے بغیر اتنی خاموشی کے ساتھ تباہیاں مچاتا ہو کہ کسی کو اس کی آہٹوں تک کا احساس نہ ہوتا ہو۔ ایک سے ایک جانور کا ذکر ملتا تھا۔ اور داستانوں میں جن اور پریوں کے قصے بھرے پڑے تھے لیکن سب کے سب ایسے تھے جن کے واضح ثبوت اور واضح خدوخال تھے۔ یہ اپنی نوعیت کا پہلا جاندار تھا۔ جس کو دیکھنا، سننا اور سمجھنا ناممکن تھا۔ کوئی ثبوت چھوڑے بغیر بڑے پیمانے پر آفات نازل کرتا جارہا تھا۔

گشت کرنے والے عملوں نے اعلیٰ حکام کی ہدایت کے مطابق شہر کے چپے چپے پر سرچ لائٹ کا انتظام کیا اور رات بھر پہرے دیتے رہے۔ انتظامات اتنے سخت ہوئے تو ان راتوں میں کہیں کوئی واردات نہیں ہوئی دھیرے دھیرے علاقے کے لوگ ان حادثوں کو بھول گئے۔ پہرے داروں نے بھی اپنی ڈیوٹی میں ڈھیل شروع کر دی۔ اور اگلے مہینے کی سناٹی اندھیری رات کے دم توڑنے کے بعد لوگوں نے متعدد افراد کو پژمردہ دیکھا۔ کچھ کے ہاتھ پاؤں ٹوٹے ہوئے تھے۔ مردہ، نیم مردہ اور بے ہوشی کی حالت میں لوگ پڑے تھے۔

بیانات لینے پر معلوم ہوا کہ گذشتہ رات کو ایک ہیولا ان پر اچانک سوار ہوگیا اور ان کی سانسیں

گھٹنے لگی تھیں۔ جو بچ گئے تھے انہوں نے بتایا کہ اچانک کسی جانب سے گشت کرنے والے کی ٹارچ کی روشنی اس پر پڑی تھی اور وہ غائب ہو گیا تھا۔ حالانکہ اسے غائب ہوتے ہوئے کسی نے نہیں دیکھا۔ ٹھیک اسی طرح جیسے اس کی موجودگی سبھوں کے لئے ___ بس اچانک محسوس ہوا کہ روشنی کی تاب نہ لا کر وہ کہیں دور جا پڑا۔ کئی مکانوں کی دیواریں بھی گری ہوئی تھیں۔

بزرگوں نے بتایا کہ بڑے بڑے آدم خور شیر گزرے ہیں۔ جو آخر کار مارے گئے انہوں نے بھی ایسی سفاکی نہیں کی۔ وہ آدمیوں کا شکار ان کا خون پینے کیلئے کرتے تھے۔ لیکن یہ عجیب بربریت پسند اور سفاک درندہ ہے جو بغیر کسی خاص مقصد کے لوگوں کا شکار کر رہا ہے۔ نہ کسی کے جسم سے گوشت نچا ہوا ہوتا ہے، نہ کسی کی شریان سے خون ٹپکتا ہے، بس دونوں جہان کی سب سے پیاری شے چلی جاتی ہے۔

اس علاقے کا نیم پاگل قلندر سبھوں کا چہرہ گھور گھور کر دیکھ رہا تھا۔ سب کے سب ہراساں نظروں سے اس قلندر کو دیکھنے لگے تھے۔

کیو.......... تیری ہی حرکت تو نہیں ہے.......... تو رات رات بھر سڑکوں پر مارا پھرتا ہے.......... آخر لوگوں کے اس طرح مرنے کا راز کیا ہے۔''

قلندر باری باری سبھوں کی طرف دیکھتے ہوئے مسکرانے لگا۔

قلندر کو مت گھسیٹو، یہ سب تم لوگوں کے معاملے ہیں میں تو انہیں واردات ہی نہیں سمجھتا۔

''سالا پاگل نہیں ہے، بہت ہوشیار ہے..... ہمیں اس کی خبر لینی چاہئے۔''

''ہے'' تم لوگ اپنی خبر لو...... میں...... میں قلندر ٹھہرا...... سردی گرمی، برسات ہر موسم میں کھلے آسمان کا عادی ہوں۔ گھر، مکان، مندر، سرائے، دھرم شالہ ___ میرا کہیں کوئی مسکن نہیں کہ دیواروں کے ٹوٹنے کا ڈر ہو...... میری جان کی کوئی قیمت ہی نہیں جو اس کے جانے کا اندیشہ ہو......

بتاؤ...... تم نے اسے درندے کو دیکھا ہے......؟''

''ہاں دیکھا ہے...... میں پہچان گیا ہوں...... لیکن میں بتاؤں گا نہیں...... تم سب کے سب

میری جان کے دشمن بن جاؤ گے......!"

قلندر نے بے ساختہ قہقہہ لگایا۔ اور کچھ دیر بعد زار و قطار رونے لگا۔

دوسری صبح وہ قلندر جو بڑی بڑی طوفانی بارش اور برف باری میں بھی زندہ رہا تھا، مردہ پڑا تھا۔

لوگ اس واردات پر متفکر نہیں ہوئے، بلکہ ایسا لگا جیسے ان کی پریشانیاں دور ہوگئیں ___ بازار میں ان کی پگڑی اترتے اترتے رہ گئی۔

☆☆

مشرف عالم ذوقی

احمد آباد۔۳۰۲ میل

(۱)

صبح اٹھنے تو سب کچھ بدلا بدلا سا لگا، ابراہیم بھائی کو۔ در، دروازے، کھڑکیاں اور گھر...... وہ آنکھیں پھاڑے اپنے گھر کو ایسے دیکھ رہے تھے جیسے کسی انجانے گھر میں آ گئے ہیں...... کمرہ...... ادھر اُدھر بکھرے ہوئے سامان...... بے رونق دیواریں۔ اندر دل نہیں لگا تو باہر نکل آئے۔ ایک لمبی سڑک مکان سے ہوتی ہوئی آر پار گزر گئی تھی۔ سڑک پار دو چار کپڑے کی دو دکانیں تھیں۔ ملکانی صاحب، نرمل ورما وغیرہ کے مکان...... یعنی سب جان پہچان والے...... نہیں جان پہچان والے نہیں؟ غیروں کے۔

گھر سے باہر نکلے تو بدن میں جیسے خوف ہی خوف پسر گیا۔ ٹھیک اسی وقت پولیس کی ایک جیپ دھواں چھوڑتی ہوئی گزری۔ ابراہیم بھائی ڈر کے چھپ گئے...... جیسے پولیس کے سپاہی نے اگر دیکھ لیا تو فوراً جیپ روک دے گا۔ پھر ان سے ان کا نام پوچھے گا۔ وہ نام بتائیں گے تو وہ زور زور سے ہنسے گا۔ پھر...... انہیں چپ چاپ، شوٹ کر دے گا، جیسے عام طور پر لوگ پاگل کتوں کو شوٹ کر دیتے ہیں۔

جیپ آگے بڑھ گئی تو تیز تیز چلتی ہوئی سانسوں پر قابو پاتے ہوئے انہوں نے سڑک کا جائزہ لیا۔ دل اچانک پھر زور زور سے دھک دھک کرنے لگا، ابھی اچانک دنادن زور زور سے سڑک پر گولیاں چلنی شروع ہو جائیں گی...... دنا...... دن۔ پھر سڑکوں پر لاشیں ہی لاشیں بچھ جائیں گی۔ چیختے چلاتے لوگوں کی بھیڑ ان کے گھر پر دھاوا بول دے گی۔ دروازہ نہیں ٹوٹے گا تو مشتعل لوگ

دروازے میں آگ لگادیں گے۔ پھر چیختے چنگھاڑتے، دھکم پیل کرتے اندر گھس جائیں گے اور......

''چھپاؤ...... چھپاؤ......''

کمرے میں دوبارہ واپس آتے ہی ابراہیم بھائی نے چیخنا شروع کردیا۔ سب کچھ چھپالو...... کچھ بھی سامنے نہیں رہنا چاہئے۔ جس سے پتہ چلے کہ تم کون ہو...... سمجھے...... ایسا کچھ بھی یہاں نہیں رہنا چاہئے۔

دیوار پر اسلامی کلینڈر ٹنگا تھا۔ ایک چھوٹا سا بچہ قرآن شریف کی تلاوت کررہا تھا۔ انہوں نے جھٹ آگے بڑھ کر کلینڈر اتارلیا۔ اسے موڑنے لگے۔ ریک پر اردو کی کتابیں ایک قطار سے بجی تھیں۔ انہوں نے ذرا بھی دیر نہیں کی۔ مسہری سے چادر کھینچ لی۔ اردو کی کتابیں جلدی جلدی ریک سے نکال کر چادر پر پھینکنے لگا۔ سانس تیز تیز چل رہا تھا۔'' کچھ بھی نہیں رہنا چاہئے۔ کچھ بھی نہیں۔''

....

چادر کی گٹھری اتنی ہی وزنی تھی۔ جتنا ان کے دماغ پر رکھا ہوا وزنی پتھر___ اٹھانا چاہا تو ٹھہر گئے۔'' کمبخت...... اب اٹھاؤ تو اٹھتا نہیں...... یہاں چھوڑ بھی نہیں سکتے۔ کوئی آگیا تو؟ کسی نے دیکھ لیا تو؟ گٹھری کے چاروں طرف جھانکتے کونوں سے اردو کے حروف تو نظر آہی رہے ہیں۔ انہیں لگ رہا تھا، قصاب کا چھرا ہر وقت ان کی گردن پر تیار ہے...... کسی وقت بھی یہ چھرا ان کی گرد اتار سکتا ہے......

گٹھری کو جھٹک کر آنکھیں سیدھی کیں تو طاق پر جزدان میں رکھے کلام پاک پر نظر چلی گئی۔ بدن میں سمائی کپکپی جیسے ان کا پیچھا نہیں چھوڑ رہی تھی۔ اب کلام پاک کا کیا کریں؟ وحشی گھر میں گھس جائیں تو۔ جان تو جائے گی ہی۔ ایمان بھی سلامت نہیں رہے گا...... آگے بڑھے ابراہیم بھائی نے کلام پاک کو ہاتھوں اٹھایا۔ آنکھوں سے چوما، سینے سے لگایا۔ وحشت اور گھبراہٹ کے عالم میں آگے بڑھنا چاہا تو ٹھٹھک گئے۔ لگا دروازے کھڑکیوں میں سوسو آنکھیں پیدا ہوگئی ہیں۔

اور یہ آنکھیں بری طرح سے انہیں گھور رہی ہیں......

''کہاں جاؤ گے؟''

''کہیں بھی۔''

''کہیں بھی؟''

''ہاں۔جہاں سکون ہو۔''

''تمہارے لیے؟''

''کیوں؟''

وہ سہم گئے......

جواب ملا۔''تمہارے لیے کہیں سکون نہیں ہے۔یہ طے ہے کہ تم مارے جاؤ گے۔''

''کیوں؟''

تم ایسے ہی ہو بے غیرت۔مار کھانے کے لئے بنے ہو۔ہر جگہ مار ہی تو کھا رہے ہو۔''

محسوس ہوا، دیوار کی آنکھوں نے اپنا کھرا فیصلہ سنا دیا۔''کہیں بھی جاؤ گے، نکالے جاؤ گے، زیادہ سے زیادہ یہی ہوگا، دو چار برس کہیں بھی مہاجر بن کے جی لو گے۔آخر میں موت یقینی ہے۔ مارے جاؤ گے۔یہی سچ ہے۔''

وہ ایک دم سے ڈر گئے۔گھگی بندھ گئی۔

''......کہاں جاؤں؟''

......''ڈر گئے...... یہاں سب، آس پاس والے تمہارے مسلمان بھائی مکان خالی کر گئے۔ کیلے تم رہ گئے ہو۔اور یہ سب......''

دیوار میں لگی آنکھوں نے جیسے ان کے ساز وسامان کی طرف اشارہ کیا......انہیں جلادو...... ن کے نشان مٹا دو۔یعنی اپنی شناخت کی ساری نشانیاں......

''نہیں''......ابراہیم بھائی کے بدن میں ٹھنڈی ٹھنڈی لہر دوڑ گئی......ان میں تو کلام پاک بھی

ہے......اردو کی کتابیں بھی...... بچپن میں اردو کا کوئی ورق آنگن یا ڈیوڑھی میں پڑا ملتا تو اماں کان مروڑتی تھیں...... پگلے......ان میں اللہ کا نام ہوتا ہے......اسے ایسے پھینکتے ہیں کیا...... پہلے انہیں چومو......"

"ایمان کب تک چاٹو گے۔ مگر مارے جاؤ گے تب؟ وہ آکر ان کی بے حرمتی کریں گے، تب؟ انہیں پیروں کے نیچے کچلیں گے۔ آگ دکھائیں گے، اس وقت؟"

اس نے گھٹی گھٹی سانس چھوڑی...... میں نہیں کر سکتا۔ میں مجبور ہوں۔"

"......تو پھر مارے جاؤ۔ مرنے کیلئے تیار ہو جاؤ......"

دیوار پر لگی آنکھوں نے اس کی طرف نفرت سے دیکھا......ان میں لکھا ہے کہ تم مسلمان ہو......اور ڈراسی بات کا ہے کہ تم مسلمان ہو۔ اور مسلمان ہو اس لئے یقیناً مارے جاؤ گے۔ دیکھو، آس پاس کے سب مسلمان بھاگ گئے.. .."

انہیں یاد آیا، رات انہوں نے ایک ڈراؤنا خواب دیکھا تھا۔ خواب میں دیکھا کہ چاروں طرف ہتھیار سے لیس ڈاکو گھوم رہے ہیں۔ مسجدیں توڑی جارہی ہیں...... بسوں میں، گاڑیوں پر، دیواروں پر، ہر جگہ بھڑ کیلے نعرے لکھے ہیں...... مسلمان اپنے اپنے گھروں کو چھوڑ کر راتوں رات بھاگ رہے ہیں۔ دور تک لمبا قافلہ...... ڈاکوؤں کو پتہ چل گیا ہے۔ ڈاکو قافلے والوں پر ٹوٹ پڑے ہیں۔ اور ایک ایک کے سرتن سے جدا کئے جارہے ہیں۔ جن کے سر کٹتے ہیں ڈاکو غصے اور حقارت سے ان کے منہ پر تھوکتے ہیں یا پینٹ کی زپ کھول کر...... پیشاب کی دھار بہا دیتے ہیں۔ ملیچھ......سنپولیا......انہوں نے دیکھا۔ راتوں رات لوگ گھر کے باہر لگے نیم پلیٹ کو اکھاڑ رہے ہیں، توڑ رہے ہیں۔ اور گھر کے باہر گیروا کپڑوں کے جھنڈے لگا رہے ہیں۔ انہوں نے دیکھا۔ ایک مسلمان گیروا کپڑوں میں ہے۔ پاؤں میں دھوتی۔ ماتھے پر چندن۔ پیچھے سے ایک ڈاکو آتا ہے۔ اس کی تلوار چمکتی ہے۔ مسلمان چیختا ہے۔ بچاؤ۔

ڈاکو تلوار اڑا کر ہنستا ہے۔ ''سانپ کا بچہ سانپ ہی رہے گا، جو بھی بھیس بدل لے...... مار ڈالو......''

انہوں نے یہ بھی دیکھا۔ جو لوگ بچ گئے ہیں وہ اپنے اپنے ماتھے پر چندن اور بھبھوت مل رہے ہیں۔ کلام پاک پر رامائن یا مہابھارت کا کور چڑھا کر، تہ خانہ میں بند بند تلاوت کر رہے ہیں۔ اور گھر کے باہر آ کر دھوتی پہن کر، ٹیکا لگا کر بھارتیہ، بن جاتے ہیں۔

وہ دیکھ رہے تھے۔ بادشاہت اور غلامی کا زمانہ ایک بار پھر لوٹ آیا ہے۔ انہوں نے کہیں سنا تھا۔ انگریزوں کے زمانے میں، انگریز ڈنڈے کے ایک چھور پر ہیٹ رکھ کر ہندوستانیوں کو سلام کرنے کو بولتے تھے۔ اور جو ہیٹ کو سلام نہیں کرتا تھا، انگریز اس پر ہنٹر برساتے تھے اور خوش ہوتے تھے۔ انہوں نے دیکھا۔ سب کچھ ویسا ہے۔ صرف منظر بدل گیا ہے۔ ہیٹ کی جگہ ڈنڈے پر گیروا کپڑا پڑا ہے۔ اور ایک آرمی کا آدمی سہمے سہمے سے مسلمان کو بلا کر کہہ رہا ہے۔ پرنام کرو۔ جو ہاتھ نہیں اٹھتے، ان پر ویسے ہی ہنٹر برس رہے ہیں۔ چیخ۔ تیز چیخ۔ وہ صرف چیخیں سن رہے ہیں۔

وہ دور تک دھواں دیکھ رہے تھے۔ جلتے ہوئے مکان...... آسمان چھوتے ہوئے شعلے___

وہ دیکھ رہے تھے جو بچ گئے ہیں، آرمی کے لوگ انہیں غلاموں کی طرح کھینچتے ہوئے لیے جا رہے ہیں اور سہمے بھیڑوں کی طرح سر نیچا کیے، ہاتھ جوڑے مسلمان چلے جا رہے ہیں......

انہوں نے دہشت سے آنکھیں موند لیں۔ انہوں نے دیکھا۔ انہوں نے ایسا بہت کچھ دیکھا۔ بہت کچھ دیکھا جسے بتایا نہیں جا سکتا۔ کسی کو سنایا نہیں جا سکتا، لکھا نہیں جا سکتا، انہوں نے دیکھا، ایک بار پھر پرانے زمانے کی طرح پھانسی دیئے جانے کے قصے عام ہیں۔ شاہراہوں پر جا بجا لکڑی کی صلیبیں جھول رہی ہیں۔

''......سرکار...... یہ نماز پڑھتا ہوا پکڑا گیا۔''

''......ہنگ''......

''......سرکار اس کے گھر میں اردو میں لکھا ہوا......''

"ہنگ"......

انہوں نے دیکھا......ایک تیز الاؤ ہے۔الاؤ میں ڈھیر ساری ٹوپیاں، تسبیحیں پڑی ہیں۔الاؤ کے شعلے دہک رہے ہیں۔انہوں نے دیکھا صبح ہوگئی ہے۔غلام پنجروں میں قیدیوں جیسے کپڑے پہنے قید ہیں۔ہاتھ پیروں میں زنجیریں پڑی ہیں۔انہوں نے دیکھا......ہلکی ہلکی صبح نمودار ہوگئی ہے......پولیس کا آدمی آتا ہے۔غلاموں کے پنجرے ہے......چابک ہوا میں لہراتا ہے،اور......

رونگٹے کھڑے کردینے والے اس خواب کے بعد اب باقی ہی کیا تھا۔وہ اٹھے تو جیسے سب کچھ بدل چکا تھا۔وقت......زمانہ......کمرہ وہی تھا۔دیوار پر اسلامی کلینڈر، جھول رہے تھے۔پائنتیا نے ان کی ٹوپی پڑی تھی۔وہ جیسی لنگی پہنے تھے۔ایسی چٹائی دار لنگیاں زیادہ تر مسلمان ہی استعمال کرتے ہیں۔سہمے سہمے سے وہ آئینہ کے سامنے کھڑے ہوگئے۔پیشانی پر سجدے سے گٹھا پڑ گیا تھا۔سیاہ گٹھا۔بڑے بوڑھوں سے سنتے آئے تھے۔قیامت کے دن اس گٹھے سے روشنی کی کرنیں پھوٹتی ہیں......مگر اس وقت......یہ سب کچھ انہیں کاٹ رہا تھا......جیسے یہ پورا گھر جل رہا ہو۔

وہ تیزی سے ہتھوڑا لے کر باہر نکلے۔سڑک بھی سناٹے میں ڈوبی تھی۔دور دور تک کوئی نہیں۔سامنے والی دکانیں ۱۰۔۹ بجے سے پہلے کھلنے کا سوال ہی نہیں۔انہوں نے دروازے پر جھولتے نیم پلیٹ کو دیکھا......محمد ابراہیم......آنکھوں کے آگے اندھیرا سا چھایا۔ہتھوڑا نیم پلیٹ پر مارنا چاہا تو پیچھے سے کسی نے دبوچ لیا۔وہ سہم گئے۔خوفزدہ ہوکر گھومے تو شبن سے ٹکرائے۔

"دولہا بھائی۔یہ کیا کر رہے ہیں آپ؟"

"شی"......انہوں نے انگلی سے چپ رہنے کا اشارہ کیا۔

شبن کنارے ہوگیا۔"اپنا نیم پلیٹ توڑ رہے ہیں؟"

"ہاں"......

"خالی نیم پلیٹ دیکھ کر بھی تو۔کچھ لوگ......" شبن کہتے کہتے رک گیا۔انہیں یاد آیا۔خواب والے لوگ اپنے نیم پلیٹ کی جگہ دوسرے فرقے کی نیم پلیٹ ڈال رہے تھے۔وہ بس خوف میں

گھرے تھے۔ انہوں نے جیسے کوئی دھیان نہیں دیا......

''ٹھک......ٹھک......ٹھک......''

نیم پلیٹ کے ٹکڑے ٹکڑے بکھرے تھے۔

ایسا کرتے ہوئے انہوں نے دیکھا، سڑک کے اس طرف والے مکان کے چھجے سے ملکانی صاحب ان کی طرف دیکھ رہے تھے۔ حیرت سے۔ اور دن ہوتا تو شاید وہ مسکراتے۔ باتیں کرتے__ مگر نہیں۔ انہوں نے ہاتھ جھٹک دیا۔ شبن کا ہاتھ پکڑا۔ جھٹ دروازہ بند کیا۔ کمرے میں آگئے......

''یہ سب؟''

شبن کی آنکھوں میں خوف ہی خوف تھا۔ انہوں نے شبن کی آنکھوں میں جھانکا، جہاں ایک سہا سہا، بھگیڑو، جو اپنے محلّہ کی فضا خراب ہوتے ہی بیوی بچوں کے ساتھ ان کے یہاں آدھمکا تھا۔

''تم کیوں بھاگے تھے شبن میاں؟''

شبن نے گہری سانس لی۔ ''کچھ کہہ نہیں سکتا دولہا بھائی۔ کچھ نہیں۔ فضا خراب ہوئی تو انہوں نے کہا۔ ''بہتر ہے تم ابھی چلے جاؤ۔ اس لیے کہ جب جنون حد سے گزرتا ہے تو ہماری نظریں بھی بدل سکتی ہیں۔ ہاں یہ کہا انہوں نے، جن کے ساتھ دن بھر کا اٹھانا بیٹھنا تھا۔ یہ کہا انہوں نے......''

ابراہیم بھائی نے شبن کی پیٹھ تھپتھپائی......دیکھا__ شبن کی آنکھوں میں ایک قطرہ طوفان کانپا اور تھم گیا...... ظلم کی کوئی کہانی اس سے زیادہ خوفناک نہیں ہوسکتی۔ ایک کربلا وہ تھا اور ایک کربلا۔ شبن مندر مارگ پر ہندوؤں کے گھر میں کرائے دار تھا۔ بڑے اچھے لوگ...... ہر وقت اٹھنا بیٹھنا۔ دکھ سکھ میں ہر لمحے کا ساتھ جہاں بیٹھے وہیں ایک دوسرا کا کھانا پینا تک ہوگیا۔ کوئی چھوا چھوت نہیں۔ مگر ادھر جنون کی بارود بھڑکی، ادھر مالک مکان نے شبن کو بلا کر عملی بات سمجھادی کہ میاں ایسے میں جذباتی بن کر کچھ کہنا اچھا نہیں ہوتا۔ یہاں اکیلے صرف تم مسلمان ہو تم سے دستخط

کرا کر لے جانے والے بھی جان گئے ہیں کہ تم...... تمہارے یہاں اردو میں خط آتے ہیں۔ پرچے آتے ہیں۔ تمہارے بیٹے تم سے ملنے آنے والوں کو باہر نکل کر زور زور سے خدا حافظ اور سلام عرض کرتے ہیں۔ پوسٹ مین سے لے کر آس پاس والے سب جانتے ہیں کہ تم...... کچھ ہوگیا تو...... کیا خبر جنون میں ہماری آنکھیں بھی بدل جائیں......''

شبن میاں نے پھر دیری نہیں کی۔ بستر اٹھایا اور ان کے یہاں چلے آئے۔

شبن نے ان کی طرف غور سے دیکھا۔''لیکن...... یہاں بھی تو سب جانتے ہیں آپ کو......''

''ہاں''......

''پاس پڑوس کے مسلمان بھی چلے گئے؟''

''ہاں''......

''کچھ ہوا تو سب سے پہلے ہم ہی......''

اچانک وہ ٹھٹھک گئے۔ کان کھڑا کیا تو معلوم ہوا کلام پاک کی تلاوت کی صدا دھیرے دھیرے دالان خانے سے نکل کر ان کوٹھریوں سے ہوتی ہوئی باہر کی ہوا میں گونجنے لگی ہے۔ کون ہے......؟ نصیبن ہوگی...... وہی...... اتنی صبح صبح اٹھتی ہے__ پھر فجر کی نماز پڑھنے کے بعد کلام پاک لے کر بیٹھ جاتی ہے۔ لیکن اتنے زور زور سے......

وہ تلملائے ہوئے دالان خانے میں آئے۔ نصیبن جانماز پر جھکی ہوئی۔ دھیمی آواز میں تلاوت میں مصروف تھی۔

''بند کرو۔ بند کرو'' وہ تیز آواز میں چیخے۔''لپیٹو۔ جزدان میں لپیٹو۔''

نصیبن چونک گئی۔''یہ کیا ہے؟''

''ایک دن تلاوت نہیں کروگی تو قیامت نہیں ٹوٹ پڑے گی۔''

''چھپاؤ میں کہتا ہوں چھپاؤ۔''

انہوں نے جھپٹا مارنا چاہا تو نصیبن نے ہاتھ تھام لیا۔''آپ نے وضو نہیں بنایا۔''

''میں کہتا ہوں۔'' وہ تلملا گئے۔

''یہ کیا ہو گیا ہے آپ کو۔'' نصیبن نے کاغذ کی نشانی بنا کر صفحہ موڑ دیا۔ ان کی طرف پیار سے دیکھنا چاہا۔ مگر ٹھہر گئی۔ اتنی ساری جھریاں...... ایک ہی دن میں میاں کے چہرے پر کیسے اُگ آئیں؟

''یہ کیا ہو گیا ہے آپ کو؟''

وہ غصے میں چیخے۔ ''کیا ہو گیا ہے۔ مجھے ڈر لگ رہا ہے۔ مجھے ٹی وی سے ڈر لگتا ہے...... اخباروں سے ہول آتا ہے...... لاؤڈ اسپیکر پر ہونے والی اذان سے وحشت ہوتی ہے۔ مجھے لگتا ہے ٹوپی پہنے ہوئے لوگ نکلیں گے اور مارے جائیں گے۔ اذان ہوگی اور موذن منبر سے اتار کر ہلاک کر دیا جائے گا۔ لوگ نماز پڑھ رہے ہوں گے اور کاٹ ڈالے جائیں گے۔

وہ چیختے ہوئے کمرے میں آئے تو سانس پھول چکی تھی۔ سر میں چکر آ رہا تھا۔ غش کھا کر ایک دو جگہ لڑکھڑائے۔ ساعت دھندلی سی ہوتی معلوم ہوئی۔ نیم غنودگی میں ڈوب گئے۔ پھر آنکھیں کھلیں تو جیسے سب کچھ جھل مل جھل مل کر رہا تھا۔ در، دروازے، کھڑکیاں سب جیسے انجانے لگ رہے تھے۔

وہ خود سے بڑبڑائے...... ''میرا وطن گم ہو گیا ہے......''

انہیں لگا، وہ لوگوں سے پوچھیں گے تو لوگ ہنسی اڑائیں گے۔ وہ ایک دم سے خود کو اکیلا اور اجنبی رہے تھے...... یہ...... کہاں ہیں وہ؟...... یہ کمرہ...... یہ کس کا کمرہ ہے......؟ وطن؟ ان کا وطن کون سا ہے...... سب جیسے مذاق اڑا رہے ہوں...... تم بے وطن ہو۔ تمہارا وطن ہی کب تھا۔ لڑاکو جنگجو۔ تم لٹیروں کی طرح باہر سے آئے۔ جی بھر کر لوٹا پھر لاچار مظلوموں پر حاکم بن کر راج کرنے لگے۔ یہاں...... یہاں تھا وطن...... انہوں نے جیسے کہنا چاہا...... اس مٹی میں...... لیکن...... اچانک جیسے سب کچھ اجڑ گیا۔ علاء الدین کا جن وطن اٹھا کر ہوا میں کہیں دور پھینک آیا اور وہ...... بھک منگوں جیسے انداز میں آتے جاتے لوگوں سے دریافت کر رہے ہوں......

صاحبو، میرا وطن کہاں ہے...... میرا ملک کہاں ہے...... میرا ملک گم ہوگیا ہے......

انہوں نے دیکھا، وہ بستر پر پڑے ہیں۔ بستر سے ذرا فاصلے پر نصیبن، شبن میاں، ان کی بیوی بچے، اقبال میاں ان کے بڑے لڑکے کھڑے ہیں۔ آپس میں کچھ باتیں کر رہے ہیں۔ انہوں نے ہاتھ کے اشارے سے سب کو اپنی طرف آنے کو کہا۔ ذہن کی نسیں اب بھی چیخ رہی تھیں۔ انہوں نے دیکھا، بچے، بیوی، شبن پاس آنے میں تامل کر رہے ہیں۔

انہوں نے اشارہ کیا......

شبن آگے بڑھا۔ پیچھے اقبال میاں، ان کے پیچھے نصیبن، مہرو...... ان کی کالج میں پڑھنے والی لڑکی۔

"طبیعت کیسی ہے آپ کی؟"

انہوں نے اقبال کو دیکھا۔ افسوس آیا۔ "بے چارہ...... بے وطن......"

"ایسے کیا دیکھ رہے ہیں۔"

اقبال سرہانے بیٹھ گیا۔ اور ہولے ہولے ان کا سر سہلانے لگا۔ ہاتھوں کی تمازت پا کر آنکھیں جیسے ساون بن گئیں۔

"میرا وطن گم ہوگیا ہے...... میرا وطن......"

اقبال پلنگ سے ایسے اچھلا، جیسے بجلی کا شاک لگ گیا ہو...... ابا جان...... اس نے کانپتی نظروں سے ان کی طرف دیکھا۔ شبن غصے میں بولے۔ "یہی باتیں...... یہی باتیں ہمیں ذلیل کرتی ہیں۔"

ذلیل؟ ان کا جی چاہا، اٹھ کر شبن کو طمانچہ لگائیں۔ "اس میں ذلیل ہونے کی کون سی بات ہے۔ جس کے ماں باپ مر جائیں وہ یتیم کہلاتا ہے۔ جو ہجرت کر جائے وہ مہاجر۔ جس کا گھر بار، وطن چھن جائے وہ بے وطن ہی تو کہلائے گا۔"

"آپ سو جائیے۔" نصیبن آگے بڑھی۔

اندرونی جذبات کی چبھن سے وہ پھر چیخے۔ ''میرا وطن ہو گیا ہے۔''

نصیبن کی آنکھوں میں پھر ایک قطرہ طوفان مچلا۔ اس نے آہستگی سے سورہ یٰسین کی تلاوت کرنی چاہی۔ ابراہیم بھائی گلہ پھاڑ کر چیخے۔ ''بند کرو، ہونٹ سی لو...... چپ رہو خاموش......'' وہ اٹھ کر بیٹھ گئے۔

اقبال کمرے میں ٹہلنے لگا...... پھر اماں کا ہاتھ تھاما۔ ''چلو ابا کو اکیلے چھوڑ دو۔'' شبن کی بیوی، مہر وسب باہر نکل گئے۔ اکیلا شبن رہ گیا اور وہ۔ انہوں نے دیکھا شبن پتھر کی مورت کی طرح دھیرے دھیرے ان کی طرف بڑھ رہا ہے۔ پلنگ کے قریب آ کر جیسے وہ کسی بم کی طرح پھٹ گیا ''دولہا بھائی...... مجھے بھی......'' اس کے لفظ تھرتھرائے...... ''مجھے بھی ہی لگ رہا ہے...... میرا وطن کہیں گم ہو گیا ہے......''

پھر وہ ٹھہرا نہیں۔ اپنے کمرے میں تیزی سے لوٹ گیا۔

(۲)

ڈاکٹر پرکاش ان کے یہاں سے چار قدم کے فاصلے پر تھے۔ کہا جائے تو خاندانی ڈاکٹر۔ جب کبھی گھر بلانے کی نوبت آئے تو گھر بلا لو۔ دکھالو...... فیس دو، نہ دو کوئی بات نہیں۔ دماغ جس طرح پھٹ رہا تھا، اس سے لگتا تھا، ٹیومر ہو گیا ہے...... یوں بھی بڑھاپے میں مرض چھپانا اچھا نہیں ہوتا۔ ڈسپنسری میں پہنچ کر اس نے ڈاکٹر کو نمستے کیا تو ڈاکٹر نے انہیں اشارہ سے قطار میں بیٹھنے کے لیے کہا۔ سب سے پیچھے ان کا نمبر تھا۔ چار و ناچار بیٹھ گئے...... کیا کرتے...... مگر ایسا پہلے کبھی...... انہوں نے یوں ہی آس پاس گھورنا شروع کیا۔ اچانک وہ ٹھہرے۔ ڈاکٹر پرکاش کے ماتھے پر چندن کا ٹیکہ تھا۔ کمرے میں پہلے دھارمک کلنڈر نہیں ہوتے تھے، اب جا بجا لٹکے تھے۔ طاق پر دیوی دیوتاؤں کی مورتیاں براجمان تھیں۔ اگربتی جل رہی تھی۔

وقت بدل گیا ہے۔ بدل گیا ہے۔ وہ خود سے بڑبڑائے۔

آدھے گھنٹے بعد ان کا نمبر آیا۔

ڈاکٹر پرکاش مسکرائے۔ انہیں لگا، اس مسکراہٹ میں بھی مذاق کے پہلو چھپے ہیں۔
''ساری، صبح کا وقت تھا۔ اس لیے انتظار کرنا پڑا۔ نبض دکھایئے......''

انہوں نے نبض دکھائی۔

''ہوا کیا ہے؟''

''دماغ میں چکر رہتا ہے۔''

''اور؟''

''بلڈ پریشر......''

ڈاکٹر نے بلڈ پریشر چیک کیا۔ پھر مسکرایا۔ ''نارمل!''

''نارمل۔'' وہ چونک پڑے۔ انہیں لگا، ڈاکٹر انہیں اصلیت بتانا نہیں چاہتا۔

''یہ کیسے ہوسکتا ہے۔''

''نارمل ہے بس۔'' ڈاکٹر مسکرایا۔ ''ویسے تکلیف کیا ہے؟''

''جی۔ دماغ میں بم کے گولے سے پھوٹتے ہیں۔ آنکھوں کے آگے گول گول دائرے بنتے ہیں۔ کبھی کبھی چکر اور اندھیرا سا آ جاتا ہے۔''

''گول گول Rings...... جیسے بجلی چمکتی ہے؟''

''ہاں...... بالکل اور......'' وہ بے دھیانی میں بولتے چلے گئے...... ''اور بس سر پھٹنے لگتا ہے...... پھر لگتا ہے...... کسی کو پہچان نہیں رہا ہوں...... میرا کوئی گھر نہیں ہے۔ ملک نہیں ہے۔ میرا ملک گم ہوگیا ہے......''

''وہاٹ......'' پرکاش اتنے زور سے چونکے کہ کئی مریض ان کی طرف دیکھنے لگے۔

''جی۔ یہی لگتا ہے......''

انہوں نے دیکھا۔ ڈاکٹر کی پیشانی پر لکیریں پڑ گئی ہیں۔ وہ کچھ دیر تک انہیں گھورتے رہے۔ پھر سنبھل کر بیٹھ گئے...... ''کچھ الگ سا سوال پوچھنا چاہتا ہوں۔ بتائیں گے؟''

''ضرور ممکن ہوا تو۔'' وہ دل ہی دل میں ڈر گئے۔

''سڑک پر مرے ہوئے دو آدمی پڑے ہوں...... ایک ہندو اور ایک مسلمان۔ آپ پہلے کسے بچائیں گے؟''

''جی......'' وہ اٹک گئے۔ ڈاکٹر مسکرا رہا تھا۔

''اظہر اور تندولکر میں آپ کو زیادہ کون پسند ہے؟''

''جی......''

''ہندو پاک ٹیسٹ میچ چل رہا ہو، آپ کس کی جیت پر خوش ہوں گے؟''

''جی......''

ڈاکٹر کی تیوریاں چڑھ گئیں۔ ''آپ بالکل ٹھیک ہیں۔ آپ کو کوئی بیماری نہیں۔ اپ صرف ڈر گئے ہیں۔ آپ بہت ڈر گئے ہیں۔ آپ گھر جائیے۔ اگلا نمبر۔''

انہوں نے آواز لگائی آگے بڑھتے بڑھتے ان کو ڈاکٹر کی آواز سنائی پڑی۔ ''سن آف بچ۔ یہ آج بھی سمجھتے ہیں کہ یہ یہاں رول کرتے ہیں۔ پتہ نہیں کب ان مسلمانوں کی ذہنیت بدلے گی۔ رہتے یہاں ہیں کھاتے یہاں ہیں اور......''

وہ سر سے لے کر پیر تک جیسے لرز گئے۔ بدن میں کاٹو تو خون نہیں۔ لرزتے قدموں سے باہر سڑک تک آ گئے۔ مگر جیسے خوف سے شرابور تھے۔ بس یہی لگتا تھا، چاروں طرف سے اسٹین گن، کلاشنکوف اور طرح طرح کے ہتھیاروں سے لیس لوگ آئیں گے۔ گھیر لیں گے۔ دنا دن گولیاں چلیں گی۔ کوئی ان کے منہ پر حقارت سے تھوکے گا۔ جیب سے دو پلی ٹوپی کھینچے گا اور اسے ہوا میں لہرا دے گا...... لاکھوں کی وحشیانہ ریلی نکلے گی...... رتھ یاتراؤں کا خونی سیلاب سڑکوں پر بہے گا۔ خونخوار چہروں والے، ہاتھوں میں مشعل لیے انہیں گھیر لیں گے...... بیہودہ باتیں بکیں گے۔ ''دیکھیں کون بچاتا ہے تمہیں۔ تمہارے اللہ میاں آسمان سے آتے ہیں یا نہیں۔''

نظر اٹھاتے ہیں تو دور دور تک کوئی بھی انکے قبیل کا نظر نہیں آتا۔ مندروں کی گھنٹیاں ٹن ٹنا رہی ہیں۔ ہوا میں شنکھ پھونکے جا رہے ہیں۔ لاؤڈ اسپیکر سے بھجن کی آواز ۲۴ گھنٹے کانوں میں گونج رہی ہے۔ وہ ذرا آگے بڑھتے ہیں۔ مولانا محمد علی روڈ، مولانا ابوالکلام آزاد روڈ، سرسید روڈ، محمد علی گلی، قریش محلہ...... اب ان سارے گلی محلوں کے نام بدل چکے ہیں۔ ان کی نشانیاں، ان کے قصے ایک ایک کر کے مٹائے جا رہے ہیں۔ بدن میں پھر لرزہ سا طاری ہوا...... ہونٹوں سے کپکپی چھوٹی...... میرا وطن گم ہو گیا ہے...... اب جیسے خود پر اختیار نہ تھا۔

آگے بڑھے......

سڑک بارود اڑا رہی تھی۔

رکشہ والے کو روکا...... ''میرے بھائی، میرے وطن کو دیکھا ہے۔ میرا وطن......؟''

پیدل چلنے والے ایک مسافر کا ہاتھ تھام لیا۔ ''سنو بھائی! ایک منٹ کے لئے رک جاؤ...... میرا گھر میرا وطن...... کچھ یاد نہیں آ رہا ہے۔ سب گم ہو گیا۔ راستہ بتا سکتے ہو؟''

آنکھوں کے آگے جیسے نیلے پیلے اندھیرے جمع ہو رہے تھے۔ یہاں کہاں ڈھونڈیں گے وہ باپ داداؤں کے قصے___ ولی، صوفی، پیغمبروں کی کہانیاں___ ان کی شناخت، ان کی نشانیاں___ یہاں، کم از کم اب یہاں کی مٹی میں تو محفوظ نہیں۔ نہ ہی یہاں کے میوزیم میں...... نہ تواریخ کی کتابوں میں...... سب گم کر دیئے جائیں گے تو وہ...... کہاں ڈھونڈیں گے...... اپنے آپ کو؟ اپنے آج کو؟ اپنے کل کو ...... اپنے باپ داداؤں کو...... اپنی تہذیب کو......؟

وہ اپنے دو چار رشتہ داروں، عزیز، شناساؤں سے ملے۔ سب سے وہ یہی پوچھتے تھے......

''صاحبو، میرا ملک، میرا وطن کہیں گم ہو گیا ہے۔ آپ کو...... آپ کو بھی کیا ایسا ہی لگتا ہے؟''

ہر جگہ انہیں یہی ٹکا سا جواب ملتا...... ''آپ ڈر گئے ہیں۔ آپ خوف زدہ ہیں۔ جایئے۔ ہمیں تنگ مت کیجئے۔''

لیکن وہ کہاں جائیں۔ گھر آتے ہیں تو بیوی بچے سہمے سہمے سے ان کی طرف ایسے دیکھتے ہیں

جیسے ابھی رو پڑیں گے۔ ابا کو کیا ہو گیا ہے......اور یہاں ان کی دماغی کیفیت روز بروز خراب ہوتی جارہی ہے۔ گھر سے باہر نکلتے ہیں تو بس یہی جی چاہتا ہے کہ لوگوں کو روک روک کر اپنے گم شدہ وطن کے بارے میں پوچھیں۔

اس دن اتفاقیہ طور پر ان کے ایک کلیگ مل گئے۔ وہ ان کے سوال پر چونکے۔ پھر زور سے ہنسے۔

''آپ لوگوں نے کبھی اس ملک کو اپنا وطن سمجھا ہی نہیں؟''

ان کے دماغ میں دھماکہ ہوا......انہوں نے غور سے دیکھا۔ یہ آدمی......اس آدمی کو وہ برسوں سے جانتے ہیں۔ برسوں انہوں نے ساتھ ساتھ مل کر کام کیے ہیں۔ اور تو اور......سیکولر منچ سے بھی اس آدمی کی کتنی بار للکارتی، آواز کو سنا ہے انہوں نے۔ یہ آدمی۔ انہوں نے گھور کر دیکھا___ وہ آدمی مسکرایا۔ سب بکواس ہے۔ سچ یہ ہے___ یہاں___ اس نے اشارہ کیا۔ وہ تھم گئے۔ آدمی جہاں اشارہ کر رہا تھا، وہاں اس کی پیشانی تھی اور پیشانی پر ترشول بنا تھا۔

''تم بدل گئے؟''

سب کو بدل جانا ہے ایک دن۔''

''لیکن تم تو......؟''

''غلطی کی جا سکتی ہے تو سدھاری بھی جا سکتی ہے۔'' وہ ہنسا۔

''میرا وطن''......وہ لرز گئے۔

''پاگل پن چھوڑو۔ تمہارا وطن کہیں کوئی تھا ہی نہیں شروع سے لٹیرے تھے۔ لٹیرے۔

اس نے زور دیا۔ ہمیں بھی پہلے تو ارخ کا صحیح گیان نہیں تھا۔ مگر اب سچ یہی ہے تمہیں یہاں نہیں رہنا چاہیے۔''

اس کی آواز بہت مناسب تھی۔ سنبھل سنبھل کر۔ ''تمہیں خود ہی یہاں سے جانا چاہیے۔ یا یہاں کے طور طریقے، چال چلن اختیار کر لینا چاہیے۔ اس میں غلط ہی کیا ہے۔''

ابراہیم بھائی نے آنکھیں سیدھی کیں تو لگا، سڑکوں پر اس طرح کے آدمیوں کا ایک ریلا امڈ آیا ہے۔ سب یہی چیخ رہے ہیں...... ''اس میں غلط کیا ہے۔'' وہ کچھ کہنا چاہتے ہیں مگر کہہ نہیں پاتے......وہ دیکھتے ہیں...... وہ اوپر سے لے کر نیچے تک بدل گئے ہیں۔ دھوتی کرتا، ماتھے پر چندن، گھر کے باہر بدلا ہوا نیم پلیٹ، اپنے آپ کو چھپانے والی ساری تدبیروں کے باوجود وہ ہار گئے تھے۔Psychiatrist __ ابراہیم بھائی نے سوچا ممکن ہے، نفسیاتی معالج کے پاس ان کے زخموں کے علاج ہو۔

(3)

Psychiatrist نے ان آنکھوں میں جھانکا۔ ''گھبرایئے نہیں سچ سچ بتایئے۔ اپ کو ایسا کب سے لگ رہا ہے؟''

''ادھر چند ماہ سے''

''پہلے نہیں لگتا تھا۔''

''اتنا بھیانک نہیں۔ لیکن یہ ضرور لگتا تھا کہ ایسا کچھ ہو سکتا ہے۔''

''اب؟''

''اب صرف اسٹین گن اور اسلحہ دھاری پولیس کے بھیس میں ڈاکو نظر آتے ہیں...... ڈر لگتا ہے...... وہ آئیں گے۔ ہماری شناخت مٹائیں گے۔ گھر میں آگ لگا دیں گے۔ ہماری لڑکیوں کی عزت لوٹیں گے۔ لڑکوں کو بندوق سے شوٹ کریں گے اور ہماری الہامی کتابوں کو......'' وہ ہانپ رہے تھے۔ ''آنکھوں کے آگے گول گول دائرے بنتے ہیں۔ یہ دائرے آپس میں ٹکراتے ہیں۔ چھوٹے چھوٹے رنگس ...... بلیک اسپاٹ ...... پھر آنکھوں میں نیلی پیلی روشنیاں۔ کہیں اندھیرا سا لپکتا ہے۔ اور لگتا ہے......'' وہ تیز تیز سانس لیتے ہیں...... میں بے گھر ہوں، بے وطن ہوں ...... سب کچھ الٹ پلٹ گیا یا غائب ہو گیا...... میں سڑک پر آتا ہوں...... لٹا لٹا...... لوگوں سے پوچھتا ہوں ...... میرے وطن کو دیکھا ہے۔ صاحبو! میرا وطن گم ہو گیا

ہے۔"

وہ دیکھتا ہے Psychiatrist کے چہرے پر بل پڑ گئے ہیں۔ وہ کسی گہری سوچ میں ڈوب گیا ہے۔ کافی دیر تک وہ ان کے چہرے کو پڑھتا رہا۔ پھر دنیا بھر کی ادھر اُدھر کی باتیں پوچھتا رہا۔ باپ کو کیا بیماری تھی۔ دادا کو کیا تھی۔ بچپن میں ان کے ساتھ کیا کیا ہوا۔ وہ کیا کیا شوق سے کھاتے ہیں۔ کون سا رنگ اچھا لگتا ہے۔ چور ڈاکو، ہتھیار کیسے لگتے ہیں۔ عجب اٹ پٹے سوال، سرخ مرچ اچھا لگتا ہے کہ ہری مرچ __ گلاب اور کانٹے میں کیا پسند ہے......

"صاحب۔" انہوں نے غصے میں اس کی طرف دیکھا "سوال اس کا ہے کہ میرا وطن......"

Psychiatrist اٹھ کر کھڑا ہوا It is a matter of Shame وہ کچھ کہتے کہتے رک گیا...... "ٹھہریئے...... کیا آپ نے کسی مسلم آتنگ وادی کو کبھی اپنے یہاں پناہ تو نہیں دی؟"

"جی؟"

"سوچیے۔ خوب سوچیے۔ کبھی انجانے میں۔ ممکن ہے آپ کا رشتہ دار ہو۔"

"جی؟"

"سوچیے۔ کبھی کسی برے موقع پر۔ آپ سمجھ رہے ہیں نا...... آپ نے اپنے گھر پر ہتھیار، بارود وغیرہ تو نہیں بنائے؟"

"جی؟"

"دنگوں اور فسادات میں آپ نے کسی ہندو کو......؟"

وہ گھبرا کر چیخے...... "پاگل ہیں آپ۔ آپ علاج نہیں کر رہے ہیں...... آپ پریشان کر رہے ہیں مجھے......"

Psychiatrist ان سے بھی زیادہ غصے میں چیخا۔ "گیٹ آؤٹ۔ نکل جایئے یہاں سے۔ آپ کو کوئی بیماری نہیں ہے۔ آپ کسی موذی مرض میں مبتلا ہے۔ آپ......" وہ کہتے کہتے ٹھہرا...... "آپ ایک خطرناک ارادے ہیں۔ مجرم۔ آپ...... آپ مسلمان ہیں __ مسلمان

ہونا کیا ہوتا ہے۔ آپ اچھی طرح جانتے ہیں۔ وہ ٹھہرا۔ پھر آنکھ کا اشارہ کیا۔ ''آپ چلے جایئے یہاں سے؟''

وہ نڈھال قدموں سے باہر آئے۔ قدم شل۔ کہاں جائیں۔ کیا کریں۔ ذہن کو سمجھانے کی کون سی تدبیریں کریں۔

وہ خود چاہتے تھے کہ اب یہ مکان چھوڑ دیں۔ کہیں دور چلے جائیں اور سچ تو یہ ہے کہ وہ تہیہ بھی کر چکے تھے۔ مگر عین وقت پر پاس پڑوس والوں کو خبر مل گئی۔ وہ ہاتھ جوڑے ہوئے چلے آئے انہوں نے یقین دلایا۔

''ڈریے نہیں۔'' کچھ نہیں ہوگا آپ کو۔ آپ کہیں نہیں جائیں گے۔ یہیں رہیں گے۔''

ان کی آواز کمزور سی پڑ گئی۔ ''لیکن ہم تو یہاں اکیلے پڑ گئے ہیں۔''

''ہمیں آپ اپنا نہیں سمجھتے۔ آپ کا کوئی کچھ نہیں بگاڑ سکتا۔''

ابراہیم بھائی کو تب پہلی بار لگا تھا، وہ کسی غیر ملک میں ہیں شاید، جہاں انہیں اپنی پناہ گاہ کو، اپنے گھر کو اپنا گھر کہتے ہوئے بھی پڑوسیوں کی صلاح لینی پڑ رہی ہے...... وہ اپنی ہمت، اپنی مضبوطی سب کچھ ان کے سپرد کر چکے ہیں___ د

ایک دم سے کمزور، اکیلے اور دبو آدمی۔ بس ان کے بھروسے Psychiatrist کے یہاں سے لوٹے تو طبیعت کچھ زیادہ ہی خراب ہوگئی۔ گھر آئے تو کمرے میں بوجھل بوجھل، افسردہ تنہائی کے نوحے گھلے تھے۔ نصیبن، شبن، شبن کی بیوی، اقبال میاں، سب انہیں دیکھ کر کسی حادثہ کی طرح چونک پڑے۔

''آپ یوں کہاں چلے گئے تھے؟''

انہوں نے کوئی جواب نہیں دیا۔

اقبال دھیرے سے آگے بڑھے۔ کان میں پھسپھسایا۔ ''شبن پر بھی دورہ پڑا تھا۔ عجیب عجیب حرکتیں کرنے لگے___ اچانک زور زور سے چیخنے لگے___

''کیا......؟''

''ہاں وہی الٹی پلٹی باتیں۔ میرا گھر کہاں ہے میرا وطن کہاں ہے۔ میرا مکان کہاں ہے۔ میرا ملک گم ہو گیا ہے ابا، وہ دھیرے سے وحشت کے انداز میں پھسپھسایا۔ ''سچ تو یہ ہے کہ اب یہ دورے مجھے بھی پڑنے لگے ہیں۔''

انہوں نے سر جھکا لیا۔

ابراہیم بھائی پھر ٹھہرے نہیں۔ انہیں لگا، وہ غش کھا جائیں گے۔ لڑکھڑاتے ہوئے کمرے میں آ گئے، پتہ نہیں کب آنکھ لگ گئی۔ اور آنکھیں لگتے ہی وہ ایک بار پھر...... خوابوں کے اس خوفناک ہجوم میں گھرے ہوئے تھے۔

کیا دیکھتے ہیں۔ کہیں جائے اماں نہیں ہے۔ مسلمان یا تو مارے گئے یا بھاگ گئے، یا نام اور بھیس بدل زندگی۔ نہیں، دوزخ بھری زندگی کی کڑواہٹ جھیل رہے ہیں۔ انہیں چاروں طرف چن چن کر مارا جا رہا ہے۔ اخبار، الکٹرانک میڈیا، عام بحث و مباحثہ، مشاعرے، ادبی گوشٹھیاں...... سب تصویریں بدل گئیں۔ بس وہ بھاگتے پھر رہے ہیں۔ بھگوڑوں کی طرح ــــ ایک جگہ مشاعرہ ہو رہا ہے۔ وہ پہنچتے ہیں، تالیاں بج رہی ہیں۔ چہرے پر چندن، پیروں میں دھوتی، ان کا پورا حلیہ بدلا ہوا ہے۔ ایک ۳۲ سال کا نوجوان کچھ پڑھ رہا ہے۔ لوگ تالیاں بجا رہے ہیں۔ ہنس رہے ہیں۔ یہ لڑکا۔ انہیں یاد آیا، ایک بار فرقہ واریت کے خلاف ہونے والی کانفرنس میں دریاں بچھاتے ہوئے انہوں نے اس لڑکے کو دیکھا تھا۔ لڑکا کچھ پڑھ رہا ہے...... وہ سنتے ہیں۔

''ایک دن پرانی تہذیب، پرانی سبھیتا کی طرح
دفن کر دیے جاؤ گے تم
اتنے گہرے میں، اتنی گہرائی میں
کہ کبھی کسی کھدائی سے برآمد نہیں ہو گے تم۔''

انہیں لگا ان کی سانس، ان کی گرفت سے پھسل رہی ہے۔ دھونکنی کی طرح چل رہی ہے۔ نہیں، وہ تیز چیخ مارتے ہیں۔ وحشی ہو رہی آنکھیں ان کی طرف اٹھتی ہیں۔ وہ سرپٹ بھاگتے ہیں۔ آواز چیختی ہے۔ ''پکڑلو۔ مسلمان ہے۔ بھاگنے نہ پائے۔ فائر۔ شوٹ۔''

کئی دنوں کی مسلسل تھکن، مسلسل بھاگ دوڑ۔ چور ڈاکوؤں کی طرح چھپنے چھپانے کے نتیجے میں ان کی داڑھی بڑھ چکی ہے۔ بھاگتے بھاگتے وہ ایک جگہ ٹھہرتے ہیں ایک۔ پیڑ ہے۔ پیڑ کے نیچے حجام بیٹھا ہے وہ حجام کے سامنے بیٹھ جاتے ہیں۔ استرا 'بجاتے' ہوئے حجام ان کے حلیے کو غور سے دیکھتا ہے۔ پھر، چندن کے ٹیکے کے پاس ابھرے ہوئے سیاہ گٹھے کو......

''تم......''

انہیں لگا، یہ دو کوڑی کا حجام بھی جانتا ہے کہ جو مسلمان بچ گئے ہیں وہ حلیہ بدلے گھوم رہے ہیں۔ وہ دیکھتے ہیں حجام کے استرے کی دھار نوکیلی ہو چکی ہے اور چمک رہی ہے۔ رہ رہ کر تیز چیخ فضا میں گونج جاتی ہے۔ زمین پر لاشیں بچھی ہیں۔ چاروں طرف آرمی کے لوگ کھڑے ہیں۔ وہ ایسے خوش ہیں جیسے عام طور پر فتح یابی کے بعد ہوتے ہیں۔ کمانڈر جیسا آدمی گنتی کر رہا ہے......''نور محمد، غلام بخش، سہیل انصاری...... سب مر گئے۔ لاشوں پر پیر دھرتا وہ قہقہہ لگاتا ہے...... سب مر گئے__ ۱۲۰۰، سال بعد اب ہمارا رول ہے یہاں......''

جیسے کبھی پولیس نکسلیوں کا صفایا کرتی تھی۔ جیسے پولیس چمبل جیسی جگہوں میں چھپے ڈاکوؤں پر حملے بولتی تھی...... ویسے ہی اب...... کونے کدرے میں چھپے ہیں ابراہیم بھائی۔ ڈرے ڈرے، خوف زدہ__ کمانڈر فتح سے چیختا ہے......سب مر گئے......ہاہہ......ہہ......''

ابراہیم بھائی کی آنکھ کھل جاتی ہے۔ یہ سب...... یہ خواب...... وہ ایسے خواب کیوں دیکھتے ہیں۔ یہ خواب ان کا پیچھا کیوں نہیں چھوڑتے۔ وہ جتنا ان مناظر سے فرار حاصل کرنے کی کوشش کرتے، یہ مناظر اسی شدت سے انہیں دبوچ لیتے۔ کہاں جائیں۔ کہاں امان ڈھونڈیں۔

زیادہ پریشان ہوئے تو پڑوسی نرل ورما کے یہاں چلے گئے۔ کہانیاں لکھتے ہیں۔ مکان نہ چھوڑنے کی فرمائش کرنے والوں میں نرل ورما بھی تھے۔ کہا تھا۔'' آپ بھی چلے گئے تو ہمارے عقیدے اور بھی کمزور ہو جائیں گے۔ لکھتے پڑھتے رہتے ہیں۔ اندر جی بھڑ اس کو نکالنا ان کے لئے ضروری تھا۔

نمستے آداب کے بعد وہ سامنے بیٹھ گئے...... ذرا دیر میں مطلب کی بات پر آگئے۔ وہی بھیانک خواب کی تفصیلات۔ چھوٹے چھوٹے رنگ اور اندر سے حرکت کرتی آواز...... ''میرا ملک گم ہو گیا ہے۔''

''گم ہو گیا ہے؟''

نرل ورمانے چونک کر، سگار کا کش کھینچا۔ پھر گہری سوچ میں ڈوب گئے۔ دھیرے سے بدبدائے۔ ''یہ آثار اچھے نہیں ہیں......'' اچھے نہیں ہیں'' ...... وہ پھر سوچ میں پڑ گئے...... پھر کافی دیر بعد ان کا سکوت ٹوٹا۔

''سچ ہے۔ آپ مانیں گے آپ لوگ کبھی Loyal نہیں رہے۔ اس کنٹری کے لئے۔ لائل؟ سمجھ رہے ہیں نا؟''

''ایں،......'' وہ ایک دم چونک گئے۔

''تاریخ اٹھا کر دیکھ لیجیے۔ اسلام کی پوری تاریخ۔ آپ بھگوڑے تھے۔ یہاں آگئے۔ لوٹا تو لوٹا۔ یہاں جم گئے بس گئے۔ کبھی ہندوؤں کو جزیہ کے نام پر نام نہاد تحفظ دیا۔ کبھی تلوار کے زور پر مسلمان بنایا۔'' وہ مسکرائے...... ہوسکتا ہے، آپ بھی پہلے ہمارے جیسے ہوں۔ آپ کے پوروج کو بھی زبردستی ایمان لانا پڑا ہو۔'' وہ رکے۔'' سمجھ رہے ہیں نا، آپ لائل کبھی نہیں رہے۔ تواریخ میں گھٹنائیں بھری پڑی ہیں۔ آپ نے مندروں کو توڑا۔ مندر کی جگہ مسجد بنائی اور۔ نادر شاہ، چنگیز، ہلاکو، بابر، غوری، اورنگ زیب...... سمجھ رہے ہیں نا...... آپ......'' وہ پھر مسکرائے'' یہاں رہنا ہے تو اسلام کا بھارتیہ کرن، کرنا ہوگا اور اس سے بھی زیادہ مسلمانوں کو اپنی لائیلٹی ثابت کرنی

پڑے گی۔اپنی لائیلٹی۔"

ابراہیم بھائی نے غور سے نرمل ورما کا چہرہ دیکھا......وہاں ایک بدلا بدلا سا آدمی تھا...... آنکھوں میں ویسی چمک تھی۔جیسی زہریلے سانپوں میں ہوتی ہے۔انہیں لگا،اس کی چھوٹی چھوٹی بلی جیسی آنکھوں میں کوئی خطرناک منصوبہ پل رہا ہے......اُن کے جی میں آیا کہیں مجھ سے لائیلٹی چاہتے ہو۔مجھ سے۔ارے خاندان در خاندان......یہیں جنمے ہیں......یہیں رہے ہم......مدتوں سے برسوں سے......اسی مکان میں...... پلے بڑے......اور اب اس جگہ رہنے یا مستقبل میں رہنے کے لئے وفاداری کے ثبوت اور دستاویز چاہتے ہو تم......مگر کس سے کہتے...... آواز لڑکھڑائی......آنکھوں میں اندھیرا اترا......ہونٹ سکڑ گئے......سب کچھ بھول گئے......وہی کمزور دبی آواز منہ سے پھسل پڑی......کہاں جاؤں......میرا ملک گم ہو گیا ہے۔"

نرمل ہنسے"آپ غلط سمجھے۔آپ کا یہ ملک تھا ہی نہیں جو کھوتا یا گم ہوتا۔"

کالا چشمہ اتار کر انہوں نے میز پر رکھ دیا۔کوئی فائل اٹھالی......کچھ پڑھنے لگے......پھر ابراہیم بھائی وہاں بیٹھ نہیں سکے۔اٹھ کھڑے ہوئے۔

گھر آئے تو دیکھا تکیہ پر سر رکھے مہرن سسک رہی ہے۔وہ کانپ گئے۔مہرن میری بچی...... مہرن کو گھیرے ہوئے شبن،نصیبن اور قبال میاں کھڑے تھے۔

"یہ سب کیا ہو رہا ہے......؟"ان کے منہ سے ڈری ڈری آواز نکلی۔

نصیبن لاغر اور کمزور جان کو اٹھائے،بمشکل اٹھی۔ان کا ہاتھ پکڑا۔باہر لائی۔اس کی آنکھیں برس پڑیں تھیں،یہ سب کیا ہو رہا ہے...... پہلے آپ،پھر شبن میاں،پھر اقبال اور اب مہرن۔مہرن کو بھی دورہ پڑا ہے۔بار بار غش آتا ہے۔روتی ہے اور پوچھتی ہے۔میرا ملک کہاں ہے۔میرا ملک گم ہو گیا ہے۔پھر بے ہوش ہو جاتی ہے۔"

ایک بار پھر وہ سن سے تھے۔غور سے پیلی پڑی مہرن کا چہرہ دیکھا۔یا اللہ کہنا چاہا۔آواز نہیں نکل سکی......ادھمرا سا محسوس کیا خود کو......کلیجہ کانپا......مگر آنکھوں سے آنسو کے سوتے بھی سوکھ

چکے تھے۔ پھر ٹھہرے نہیں۔ لرزتے قدموں سے کمرے میں لوٹ آئے۔ کچھ ہونے والا ہے......
کا احساس رہ رہ کر دل میں ڈر اور خوف کی بارش کر رہا تھا۔

شام ہو گئی۔ شام کو ملکانی صاحب، نرل ورما، اور پاس پڑوس کے کئی لوگ ان سے ملنے آئے۔
جیسے کوئی انہونی ہو چکی ہو...... اندر تک ٹھنڈی لہر اترتی چلی گئی۔

''آپ...... آپ لوگ......؟''

انہیں محسوس ہوا...... آواز طاقت کھو چکی ہے۔

نرل ورما آگے بڑھے۔ ''ابراہیم بھائی، ہم آپ کو اندھیرے میں رکھنا نہیں چاہتے۔''

ان کی آواز ڈوب گئی...... ''کیا کہہ رہے ہیں آپ لوگ...... میں کچھ سمجھا نہیں۔''

ملکانی آگے بڑھے۔ ''فضا ٹھیک نہیں ہے ابراہیم بھائی۔ اگر کچھ ہو گیا تو ہم الزام اپنے سر نہیں لے سکتے۔ ہماری جانیں بھی جوکھم میں پھنسی ہیں۔''

نرل بولے۔ ''بہتر ہے آپ آج رات ہی...... یا بہت بہت کل صبح کہیں بھی چلے جائیں۔''
ان کے آخری الفاظ پھس پھسے تھے۔

''کسی محفوظ جگہ......''

''ڈم...... ڈم...... ڈم......''

جیسے ڈرم پیٹا جاتا ہے۔ جیسے قبائلیوں کا رقص ہوتا ہے۔ فلموں میں، قصوں میں، کہانیوں میں ___ جیسے کسی انسان کی بلی چڑھاتے ہیں...... ڈم...... ڈم...... ڈم۔

ڈم...... ڈم...... ڈم......
آواز تیز ہوتی جاتی ہے......

احمد آباد۔۳۰۲ میل ___

سنگِ میل پر 302 کے حروف جگمگا رہے ہیں ___ بیوی بچوں کے ساتھ اچانک بھاگتے

بھاگتے وہ ٹھہر گئے ہیں۔302 دفعہ نمبر 302 پھانسی۔سزائے موت۔آنکھوں میں پھر چکر آ رہے ہیں...... گول گول دائرے...... سب کچھ سرخ سرخ...... وہ جیسے انصاف کی،کسی بڑی عمارت میں ہیں۔انصاف سنایا جاچکا ہے۔ملزم کا سب سے بڑا گناہ یہ ہے کہ ملزم مسلمان ہے۔ ملزم نے اس ہندو بھارت میں جنم لیا ہے۔تعزیرات ہند۔دفعہ 302 کے تحت ملزم کو......

اب اُنہیں کچھ بھی نظر نہیں آ رہا ہے۔

انصاف کی بڑی عمارت،بھی اندھیرے میں کھوگئی ہے۔

☆☆

زاہدہ حنا

پانیوں میں سراب

لوحِ مزار پر ''عصمت پناہ'' پڑھ کر میں بے ساختہ ہنسی اور میں نے اظفر سے کہا۔ ''میری قبر پر بھی ''عصمت پناہ'' کندہ کروا دینا۔''

اظفر بے معنی سے انداز میں مسکرایا اور ہم قبروں کے درمیان سے گزرتے ہوئے باہر آ گئے۔

گاڑی روانہ ہوئی تو احسن نے اچانک ''عصمت پناہ'' کی ترکیب کا ذکر چھیڑ دیا اور بات نظریۂ عصمت اور تاریخ کے مختلف ادوار میں عصمت کے معیار تک پہنچی۔ الف لیلہ کا شہریار، بے پردہ شہزادیاں اور ان کی خلوتوں میں بار پانے والے حبشی غلام۔ بغداد کے گلی کوچے، نیپلز اور فلورنس کی حویلیاں اور باغات، ''ڈی کیمرون'' کی پامپینا، نی نیتی اور میڈیلینی، ___ دل ہتھیلی پر رکھ کر پھرنے والے عشاق اور شوہروں کی پیٹھ پھیرتے ہی خوابگاہوں کے در کھول دینے والی نازنینیں۔

میں نے موضوع بدلنا چاہا لیکن بات سے بات نکلتی چلی گئی۔ اور پھر اس نکتہ پر بحث ہونے لگی۔ کہ عصمت و عفت کا تصور مطلق ہے یا اضافی؟ درمیان میں لطیفے اور چٹکلے بھی بیان ہو رہے تھے۔ اور پھر Chastity Belt کا ذکر نکال آیا۔

احسن نے فوراً ہی صلیبی جنگ پر جانے والے ایک مسیحی سورما کا ذکر چھیڑ دیا۔ جس نے جنگ پر روانگی سے پہلے ہی اپنی بیوی کو Chastity Belt پہنوائی اور چابی اپنے عزیز ترین دوست کے حوالے کر گیا۔ اصولی طور پر چابی اسے اپنے ساتھ لے جانی چاہیے تھے۔ لیکن وہ ایک مصنف مزاج آدمی تھا اور اسی لئے چابی اس نے دوست کے حوالے کر دی تھی کہ اگر وہ جنگ میں مارا جائے تو چابی اس کی بیوی کے سپرد کر دی جائے تا کہ وہ جس سے چاہے شادی کر سکے۔ ابھی وہ سورما کچھ ہی دور گیا تھا کہ اس کا دوست گھوڑا سرپٹ دوڑاتا ہوا اس کے پاس پہنچا اور کہنے لگا تم

مجھے غلطی سے کوئی دوسری چابی دے آئے ہو یا Chastity Belt کی چابی تو نہیں ہے۔"

ایک قصہ کسی شہزادی کا تھا جس نے اپنے محبوب شوہر کی جنگ پر روانگی سے پہلے Chastity Belt پہن کر چابی اپنے شوہر کے سامنے ہی ایک تالاب میں پھینک دی تھی۔ کچھ دنوں بعد جب وہ کسی دوسرے مرد کے عشق میں گرفتار ہوئی تو اس نے اپنی ساری دولت ان غوطہ خوروں کو دے ڈالی جو تلاش بسیار کے باوجود چابی کی تلاش میں ناکام رہے تھے یہ اور اسی قسم کے دوسرے قصے اس وقت تک بیان ہوتے رہے جب تک ہم کنجھ جھیل نہ پہنچ گئے۔

اور اب ہم پانیوں پر تھے۔ سونا لٹاتی دھوپ جھیل کے پگھلے کانچ جیسے سبز پانی پر بچھی تھی۔ تہہ میں آبی پودے لہروں کے ساتھ ہلکورے لے رہے تھے اور سبز کائی ان سے چمٹی ہوئی تھی۔ جل کوؤں کی ایک ڈار پھڑ پھڑاتی ہوئی اتری اور پانیوں پر سفر کرنے لگی___ کشتی آگے بڑھ رہی تھی۔ زمینی منظر دور ہوتے جا رہے تھے۔ پیڑ، اُن پیڑوں کے سائے میں بیٹھے انسان، بڑے بڑے ٹرک جو جھیل کے کنارے نہایت مستعدی سے دھوئے جا رہے تھے، اب دوری کے سبب ہیولے لگ رہے تھے۔

میرے عقب میں آواز ہوئی تو میں نے گردن گھما کر دیکھا۔ کنارے کے قریب اظفر نے ایک مچھلی پکڑی تھی اور اب وہ کشتی کے فرش پر تڑپ رہی تھی یہ اسی کے تڑپنے کی آواز تھی___

"اظفر پلیز" اسے پانی میں پھینک دو۔' میں نے بے تابی سے کہا۔

"بمشکل تمام ایک تو ہاتھ آئی ہے۔ اور تم کہہ رہی ہو کہ سے واپس پھینک دوں، جواب نہیں ہے تمہارا بھی۔" اظفر کی آنکھوں میں مچھلی کو تڑپتے دیکھ کر لذت کی ایک لکیر کھنچ گئی میں نے اپنے سامنے بیٹھے یوسف کی طرف دیکھا اور اس نے اپنی نگاہیں جھکا لیں۔

صفیہ احسن نے تھرماس کھول کر مگوں میں کافی انڈیلنی شروع کی اور میں نہ چاہتے ہوئے بھی اس کا ہاتھ بٹانے لگی۔ سموسے ٹھنڈے ہو گئے تھے لیکن گرما گرم کافی کے ساتھ وہ بھی لطف دے رہے تھے۔

کافی گھونٹ گھونٹ کر کے پیے جانے کے لئے ہے، سموسے لقمہ لقمہ کر کے کھائے جانے کے لئے ہیں اور میں اس لیے ہوں کہ دن میں ہجر کا عذاب مجھے پانی کرے اور میں اس لیے ہوں کہ رات آئے تو میرے مجازی خدا کے بدن کی سرشاری کا گدھ میرے وجود کو ٹکڑے ٹکڑے کر کے کھائے___ مجھ سے اچھی تو یہ کافی ٹھہری جو ایک لمحے میں پی لی جاتی ہے اور معدوم ہو جاتی ہے، مجھ سے بہتر تو سموسے کا یہ لقمہ بہتر ہے جسے صرف ایک مرتبہ چبایا جاتا ہے اور پھر وہ نجات پا لیتا ہے۔ ہر رات مجھے چباتی ہے اور میں ختم نہیں ہوتی۔ ہر دن مجھے پیتا ہے لیکن میں موجود رہتی ہوں۔

کافی پیتے ہوئے احسن نے گنگنانا شروع کر دیا ’’اکیلے مت جائیو رادھے جمنا کے تیر___ میں نے لرز کر اسے دیکھا۔ تم دلوں کے بھید کس طرح جانتے ہوں۔ سنا ہے دلوں کا بھید تو بس خدا جانتا ہے۔ اور کون جانے کہ جاننے یا نہ جاننے کے مرتبے پر فائز موجود ہے یا معدوم۔

احسن کی آواز پانیوں پر بگولے کی طرح چکراتی ہوئی اٹھی۔ ’’اکیلے مت جائیو رادھے‘‘ اکیلے مت جائیو رادھے‘‘ کنجھ جھیل کا پانی اترنے لگا زمین کی گہرائیوں میں سمانے لگا اور آنکھ کی پتلی پر جمنا کا گہرا سبز پانی پھیل گیا، گہرائیوں میں اترتا ہوا، وسعتوں میں پھیلا ہوا۔

میں اکیلی تو نہ گئی تھی، میں تنہا تو نہ گئی تھی۔ مجھے تو خود اظفر تنہا چھوڑ کر گیا تھا___ بمبئی میں کئی لوگوں سے ملاقاتیں ضروری تھیں۔ ورنہ جس بزنس ٹور پر وہ گیا تھا، وہ ناکام ہو جاتا وہ دو دن کے لئے گیا تھا، اس کا فون آیا کہ اسے ابھی دو دن اور لگیں گے۔

میں اور یوسف دتی میں گھومتے رہے، میں اس سے اظفر کی بے اعتنائیوں کا ذکر کرتی رہی اور وہ سنتا رہا___ میں نے اس سے کہا کہ

صرف روپیہ ہی تو کوئی چیز نہیں ہوتا، سب سے بڑی چیز محبت ہے، جس کے لئے اظفر کے پاس وقت نہیں___ بیوی، بچے اور رشتہ دار یہ سب ثانوی چیزیں ہیں___ اصل مسئلہ روپیہ ہے اور مزید روپیہ۔

میرا ذہنی سفر خوابوں سے شروع ہو کر کتابوں پر ختم ہوتا تھا۔ روپے سے کتابیں تو خریدی جا سکتی تھیں۔ لیکن خواب کسی بازار میں نہیں بکتے تھے اور سکہ رائج الوقت سے خریدے نہیں جا سکتے تھے۔ پھر میں اتنا بہت سارو پیہ لے کر کیا کرتی؟ ہمارا مستقبل محفوظ سے محفوظ تر ہو رہا تھا لیکن میں کہاں تھی۔ میری گذرتی ہوئی زندگی کے لمحاتِ رائیگاں کا حساب کہاں تھا؟

یوسف اور اصغر بچپن کے دوست تھے، یار غار___ مزاجوں کے تفاوت کے باوجود جب بھی انہیں موقع ملتا وہ مل بیٹھتے___ اظفر نے باپ کی طرح تجارت اختیار کر لی اور لاکھوں کمائے یوسف شروع سے ہی خواب دیکھتا تھا محلوں کے، قلعوں کے، حویلیوں کے اور بھول بھلیوں کے، وہ آرکیٹیکٹ بن بیٹھا سیمنٹ، بجری، پتھر، چونے، لوہے اور المونیم کے ڈھیر کو خواب نما عمارتوں میں بدل دینے والا انسان۔

یوسف کی بنائی ہوئی خواب خواب عمارتیں امریکہ، کانٹی نینٹ اور مشرق بعید کے ملکوں میں پھیلی ہوئی تھیں، وہ انٹرنیشنل سلیبریٹی تھا۔

لندن میں جب میرا وقت یوسف کے ساتھ گزرا تو اس کی ذات کی ایک نئی جہت مجھ پر کھلی۔ ریت، پتھر اور چونے جیسے کھردری چیزوں سے مختلف عمارتوں کی تجسیم کرنے والا اندر سے پور پور شاعر تھا۔ وہ جب عالم سرشاری میں ہوتا تو فن تعمیر پر عجیب زاویوں سے گفتگو کرتا۔ ایک مرتبہ اس نے کہا تھا کہ کسی عمارت کی تعمیر دراصل مادے کا قلبِ ماہیت ہے۔

وہ گوتھک طرزِ تعمیر کا اور گرجا گھروں کا عاشق تھا___ ان کی قربان گاہیں ان کی راہ داریاں، ان کے حجرۂ اعترافات___ یہ تمام مقامات اس کے خیال میں کنائے تھے___ وہ کہتا کہ کوئی عظیم عمارت اپنے عہد کا استعارہ ہوتی ہے اور جب تک اس استعارے کو اپنے اندر سمو نہ لیا جائے، عمارت کا حسن اور اس کی سریت دیکھنے والے پر کھل نہیں سکتی۔

ایک رات وہ میرے فلیٹ پر پی رہا تھا اور باتیں کر رہا تھا۔ چار انگل شراب اس کے معدے میں پہنچ جاتی تو اس کے اندر کا شاعر جاگ اٹھتا اور اس کے منہ سے پھول جھڑنے لگتے___ اس

رات وہ باتیں کر رہا تھا، بورومینی کی، برنینی کی، البرٹی اور مائیکل انجیلو کی___ وہ ان قدیم معماروں کو اپنا روحانی استاد سمجھتا تھا۔ اور ان کی بنائی ہوئی عماتوں کے ایک ایک طاقچے اور ستون پر اس کی جان جاتی تھی___ اسی گفتگو کے دوران جانے کس طرح قدیم عمارتوں اور کھنڈروں کو چاندنی رات میں دیکھنے کی بات نکل آئی تو وہ بکھر گیا۔

''کیسی باتیں کرتی ہو، یہ محض رومانوئیت زدہ عورتوں اور نالائق مردوں کے کرنے کی باتیں ہیں کہ روم کے فلاں کھنڈر کو چاندنی رات میں دیکھنا چاہئے اور پیرس کا فلاں کلیسا چاندنی میں کس قدر خوبصورت لگتا ہے___ میں تمہیں بتاؤں شالیمار باغ اور تاج محل کے سوا معدودے چند عمارتیں ہی ایسی ہیں جو چاندنی میں دیکھنے کے لئے بنائی گئی ہیں___ دنیا کی تمام عظیم عمارتیں دن کے اجالے میں دیکھنے کے لئے تعمیر ہوئی ہیں۔ چڑھتے ہوئے اور سہ پہر کے سورج کی ترچھی کرنیں ان عمارتوں کے شکوہ کو نمایاں کرتی ہیں، ایک ایک دیوار کے حسن کو اجاگر کرتی ہیں اور ایک ایک گنبد کی گولائی کا احاطہ کرتی ہیں۔ قلعے، محل حویلیاں دن میں دیکھنے کی اور برتنے کی چیزیں ہیں۔ رات بیشتر عمارتوں کا حسن چرا لیتی ہے۔ ان کے خدوخال کا تیکھا پن چھپا لیتی ہے اگر کوئی عمارت محض چانی رات میں ہی دل کش نظر آتی ہے تو سمجھ لو کہ اسے بڑی عمارتوں کی صف میں شامل نہیں کیا جا سکتا۔

وہ تعمیرات کی اقتصادیات اور سماجیات پر بحث کرتا___ فلاں عمارت پر کتنا صرف ہوا؟ یہ رقم کہاں سے آئی تھی؟ لگان کس علاقے کے لوگوں سے وصول کیا گیا تھا اور ان پر کتنی سختی روا رکھی گئی تھی؟___ ان عمارات کو تعمیر کرنے والے آزاد مزدور تھے۔ یا مجبور و بے بس غلام؟ ان کے معمار اختراع پسند لوگ تھے یا لکیر کے فقیر؟ اس کے مزدور کام کرتے ہوئے گیت گایا کرتے تھے۔ یا فضا ان کی پشت پر پڑنے والے چابکوں کی آواز سے گونجتی تھی؟ تعمیرات کے حوالے سے سیاست کے بارے میں اس کے خیالات بہت الجھے ہوئے اور ناپسندیدہ تھے۔ اور یہ ایک ایسا موضوع تھا جس پر میری اس کی خوب خوب بحث ہوتی اس کا کہنا تھا کہ دنیا کی بیشتر عظیم تعمیرات مطلق العنان

فرمانرواؤں کے فیصلوں اور خواہشوں کی مرہونِ منت ہیں اور یہ کہ جمہوریت فن تعمیر کو راس نہیں آسکتی۔

یوسف نے لندن کی ایک ایک تاریخی عمارت مجھے دکھائی۔ وہ جب کسی عمارت کے ستونوں، محرابوں، دروں، دروازوں اور طاقوں کے بارے میں بات کرتا، جب وہ روشنی اور سائے کا حساب بتاتا، جب موسموں کے اعتبار سے ہوا کے چلنے اور دھوپ میں اُترنے کا فرق بیان کرتا تو مجھے یوں محسوس ہوتا جیسے یہ سونی عمارتیں آباد ہوگئی ہیں۔ پھر سے سانس لے رہی ہیں، جیسے ابھی دھوپ فصیلوں سے ہوتی ہوئی قلعے کے قلب میں اُتری ہے اور ہنری ہشتم نے اپنی مسہری پر کروٹ بدل کر صبح کا پہلا جرعہ حلق سے نیچے اتارا ہے۔

یوسف کو دوستداری کا عجب ہنر آتا تھا۔ وہ اظفر کا دوست تھا لیکن میں جب اس سے ملتی، باتیں کرتی تو یوں محسوس ہوتا جیسے وہ محض میرا دوست ہے کھرا، سچا، میرے تمام دکھ سمجھنے والا ــــ اس سے ملے ہوئے کچھ دن گزر جاتے تو دل میں خلش ہوتی، اس کا خط نہ آتا تو میں پریشان ہوکر اسے خط لکھتی ــــ کیسے ہو؟ کہاں ہو؟ کس حال میں ہو؟ اتنے دنوں سے خط کیوں نہیں لکھا؟ اور پھر اس کا جواب آتا، طول طویل، دنیا جہان کی باتوں سے بھرا ہوا، میں اور اظفر دونوں اس کا خط پڑھ کر خوش ہوجاتے۔

اظفر اور میں ہندوستان کے لئے روانہ ہونے والے تھے کہ اچانک ایک شام یوسف لندن سے آپہنچا ــــ وہ کچھ دنوں ہمارے ساتھ رہنے آیا تھا آرام کرنے، اپنی تھکن اتارنے ــــ یوسف کو معلوم ہوا کہ ہم ہندوستان جارہے ہیں تو وہ بھی ہمارے ساتھ چل پڑا۔ ہم تینوں دلی پہنچے، اور اظفر حسب معمول مجھے ہوٹل میں چھوڑ کر بمبئی چلا گیا ــــ وہ مایا موہ میں پھنسا تھا اور اس جال سے نکلنا اس کے بس کی بات نہ تھی ــــ

یوسف اور میں، ہم دونوں دلی کے گلی کوچوں میں گھومتے رہے۔

قلعے، مسجدیں، مزار، دروازے، باؤلیاں، کون سی جگہ تھی جو ہم سے چھوٹی اور کون سا ویرانہ تھا

جو ہم نے آباد نہ کیا۔ ہم جمنا گئے، ہم گھاٹ کی سیڑھیاں اترے اور ایک دوسرے کے پہلو بہ پہلو بیٹھ گئے___ دوپہر کا گرم سورج ہمارے سروں پر تھا۔ ہر طرف ویرانی تھی، سناٹا تھا، اور شاید یہ ویسا ہی کوئی لمحہ تھا جب خدا کی روح پانیوں پر جنبش کرتی تھی۔

میں نے جھک کر پانی میں ہاتھ ڈالا۔ پانی جو حیات کی اصل تھا اور یوسف سے مڑ کر کچھ کہا، وہ میری ہی طرف دیکھ رہا تھا اور ان آنکھوں میں کیا نہیں تھا___؟

ہم اپنے تمام باطنی عذابوں اور ثوابوں، نادانیوں اور پشیمانیوں کے ساتھ ایک دوسرے کے سامنے عریاں تھے___ آدم و حوا کی طرح جب انھوں نے شجرِ ممنوع کا پھل کھایا تھا اور برہنہ تن ہو گئے تھے۔ ہم دو نہ تھے، ہم جدا نہ تھے، ہم بہت دنوں سے ایک دوسرے کو دوستی کے نام پر اور خلوص کے نام پر دھوکہ دیتے رہے تھے___ وہ ایک لمحہ ہر بات بدل گیا___ ہر شے منقلب ہو گئی اور نہ تو تُو رہا نہ تو میں میں رہا___ وہ عجیب گھڑی تھی، میں نے جس گھڑی لیا درس نسخۂ عشق کا___

اچانک کشتی ڈگمگائی، آنکھ کی پتلی پر جو راس لیلا رچی تھی وہ معدوم ہو گئی۔ جمنا کا پانی چشمِ زدن میں غائب ہو گیا۔ ہم کنجھ جھیل کے آبِ رواں پر تھے۔ یوسف اپنا زرد سوئمنگ کاسٹیوم پہنے کشتی کے اگلے حصے میں کھڑا تھا۔ بدن کو تولتا ہوا، پھر چھپاکا ہوا اور اس کا سنہرا بدن سبز پانیوں میں اتر گیا۔ وہ ہماری کشتی کے ساتھ ساتھ تیر رہا تھا۔ ہم پر پانی کی چھینٹے اُڑاتا ہوا۔ پانی میں ڈبکی لگا کر پھر اُبھرتا ہوا___ اس کے ننگے بدن کو دیکھ کر مجھے یوں محسوس ہوا جیسے میں نے اِسی کی پسلی سے جنم لیا ہو، جیسے ہم ایک تن ہوں زمین کا پہلا جوڑا میں نے نظریں نیچی کر لیں، میں ان لمحوں سے ڈرتی تھی جب اظفر میرے دل کی تحریر میرے چہرے پر پڑھ لے۔

دور زمین و آسمان ایک دوسرے سے لپٹے ہوئے تھے، محض فریب نظر___ میری آنکھیں بھیگ گئیں___ ہم دونوں بھی افق کا وہ کنارہ تھے جسے دور سے دیکھو تو محسوس ہوتا ہے کہ زمین و آسمان شیر و شکر ہو رہے ہیں اور جب نظر کا فریب درمیان سے ہٹ جاتا تو ہم زمین و آسمان تھے جو کبھی نہیں مل سکتے___ میں زمین تھی، ٹھوس، پتھریلی، اپنی جگہ اٹل اور وہ آسمان تھا، محض خلاء محض

آنکھ کا دھوکہ__

میں عورت تھی، کمزور، بے بضاعت، میں اس کے لیے کسی بھی انتہا تک جا سکتی تھی لیکن یوسف مرد تھا، بہادر، جی دار اس لیے کچھ نہیں کر سکتا تھا۔ لوگ کیا کہیں گے۔ بچوں کا کیا ہوگا__ اظفر پر کیا گزرے گی، وہ دنیا کے تمام بر اعظم گھوم آیا، دنیا بھر کی دولت اس نے اکٹھی کر لی۔ انٹرنیشنل سیلے بریٹی بن بیٹھا تھا__ وہ دوست کی لاعلمی میں اس کی بیوی کو Share تو کر سکتا ہے لیکن اس بات کا تصور بھی نہیں کر سکتا کہ اظفر کا سامنا کر سکے اور سے ایمانداری کے ساتھ اپنے اور میرے نفس کی حالت سے آگاہ کرے اور پھر فیصلہ اس پر چھوڑ دے مجھے معلوم تھا کہ اظفر کا فیصلہ کیا ہوگا اور یوسف بھی جانتا تھا__ لیکن یوسف کی اخلاقی اقدار بھی خوب تھیں۔ محض منافقت محض ریا کاری۔

اور اب میں دو مردوں کے درمیان زندگی گزارتی ہوں__ اظفر جس کی اپنی زمین اس کی اپنی نہیں۔ جس کے گھر میں سیندھ لگ چکی ہے اور یوسف جو اپنی زمین کو دوسرے کے تسلط سے آزاد کراتے ہوئے ڈرتا ہے جس کی زمین کا خراج کسی دوسرے کے خزانے میں جمع ہوتا ہے اور ان دونوں کے درمیان میں ہوں۔ تپھے ہے، مرغ قبلہ نما آشیانے میں۔

''بیگم اصغر کیا آپ جانتی ہیں کہ اس وقت آپ کہاں ہیں؟'' احسن نے اچانک ڈرامائی انداز میں سوال کیا۔

''میں آپ کا مطلب نہیں سمجھی؟'' میں نے قدرے حیران ہو کر احسن کو دیکھا وہ اظفر کے لندن آفس کا منیجر تھا اور ان دنوں اپنی بیوی کے ساتھ کراچی آیا ہوا تھا۔

''آپ اس وقت نوری جام تماچی کے مزار پر سے گزر رہی ہیں۔'' اس نے مجھے مطلع کیا۔

''پہیلیاں بجھواز ہے ہو احسن؟'' اظفر بھی اب اس کی طرف متوجہ ہو گیا تھا۔

''اظفر صاحب، ہم واقعی نوری جام تماچی کے مزار پر سے گزر رہے ہیں۔

یہ دراصل مون سون کا موسم ہے۔ پانی چھلکا پڑ رہا ہے اس لیے دونوں کے مزار زیرِ آب ہیں

ورنہ عام دنوں میں ایک چھوٹے سے ٹاپو پر ان دونوں کے شکستہ مزار نظر آتے ہیں۔آس پاس کے لوگ تو یہ بھی کہتے ہیں کہ چاندنی راتوں میں نوری انہیں جھیل کی سیر کرتی نظر آتی ہے___'' احسن نے کہا۔

''بھئی تم لوگ آخر کس چکر میں پڑ گئے ہو___ ابھی تھوڑی دیر پہلے ہماری بیگم صاحبہ مکلی کے مزارات سے لو لگا رہی تھیں___ بڑی مشکل سے انہیں وہاں سے گھسیٹ کر لائے ہیں، اب تم پھر مزاروں کا ذکر لے کر بیٹھ گئے___'' اظفر نے برا منہ بنا کر کہا: ''اُدھر یوسف ہے تو وہ اتنی سنجیدگی سے پانی میں ڈبکیاں لگا رہا ہے جیسے کچھ ڈھونڈ رہا ہو۔'' پھر اس نے بہ آواز بلند یوسف کو مخاطب کیا: ''یار پلٹ آؤ۔ کسی شہزادی نے اپنی Chastity Belt کی چابی یہاں نہیں پھینکی ہے جو تم ڈبکیاں لگا رہے ہو۔''

یوسف نے اس کا جملہ سنا تو مسکرایا اور کشتی کی طرف پلٹا احسن بھی ہنسنے لگا: ''یوسف صاحب نے تو بہت سی چابیاں اکٹھی کی ہوں گی۔'''' یہ میرا یار جو ہے بہت گھنا ہے، ایسی باتوں کی ہوا بھی نہیں لگنے دیتا'' اظفر نے کہا___ اب یوسف کشتی میں پہنچ چکا تھا اور اس کے بدن سے ٹپکتے ہوئے پانی کے قطرے کشتی کے فرش پر جمع ہو رہے تھے وہاں پڑی مچھلی اب ختم ہو چکی تھی۔ صوفیہ احسن نے نگاہیں اٹھا کر بے اعتنائی سے ہم سب کو دیکھا اور پھر اپنی اسکیچ بک پر جھک گئی۔ اس میں سب سے بڑی خرابی کم گوئی اور سب بڑی خوبی مصوری کی تھی، چند ہفتوں بعد سڈنی میں اس کی تصویروں کی نمائش ہونے والی تھی۔

میں نے جھک کر پانی کو دیکھا، پانی بہتی ہوئی سریت ہے۔ پھیلی ہوئی ہیئت ہے، حیات کی اصل کیا ہے۔ رگ وید میں کہا گیا ہے:۔

''اس وقت نہ عدم تھا نہ وجود۔

نہ عالم باد اور نہ آسمان، جو اس سے پرے ہے۔

کیا چیز سب کو محیط تھی اور وہ سب کچھ کہاں قائم تھا؟

کیا وہ پانی اور عمق بے پایاں تھا؟''

یہ پانی جس کے سینے پر ہم اس وقت رواں تھے، عمقِ بے پایاں نہ تھا۔ لیکن پانی تھا۔ پانی جس میں سب سے پہلے ''کام'' (خواہش) نمودار ہوئی اور یہ خواہش عقل یا روح کا ابتدائی تخم تھی ـــــ خواہش، عقل، روح، عشق ـــــ میں ان چاروں کے دام میں تھی ـــــ بادل کا ایک ٹکڑا ہماری کشتی کے اوپر سایہ کیے ہوئے تھا اور ساتھ ساتھ چل رہا تھا ـــــ شاید ہم واقعی نوری جام تماچی کے مزار پر سے گزر رہے ہوں ـــــ صدیوں پہلے کا وہ زمانہ کیسا گزر رہا ہوگا۔ جب کنجھ کے کنارے مچھیروں کی ایک بستی تھی اور سمہ خاندان کا سردار جام تماچی اس بستی کی ایک مچھیرن نوری کو اپنا دل ہار گیا تھا۔

یہ جو ساتھ جاگتے تھے، اب صدیوں سے ساتھ سو رہے تھے اور ان کے ساتھ نہ جانے کتنے مکمل اور نامکمل بوسے سو رہے تھے، کتنی آسودہ اور ناآسودہ ہم آغوشیاں سو رہی تھیں۔ مجھے شاہ کا ''سُر کاموڈ'' یاد آیا ـــــ یہ راگنی جس کا تعلق دیپک راگ سے بتایا جاتا ہے، شروع سے آخر تک نوری جام تماچی کے عشقِ بلاخیز کا قصہ سناتی ہے۔

شاہ کی آواز آئی:۔

دھن دولت جنتا میں بانٹے۔

مایا جال کو توڑا

کنجھ کی گندری کے کارن

راج پاٹ کو چھوڑا

راج پاٹ کو چھوڑنے والا اور کنجھ کی گندری تہہِ آب سوتے تھے۔ لیکن غرقِ دریا ہونے کی تمنا تو غالب نے کی تھی، ہوئے کیوں نہ غرقِ دریا، نہ کہیں مزار ہوتا۔

مکلی کے مزار میری نگاہوں کے سامنے گھوم گئے۔

چودھویں صدی کی قبروں پر سایہ کیے چھتریاں، فیروزی اور گہرے نیلے رنگ کی شیشے کی طرح چمکتی اینٹیں کائی نے دیواروں کو سیاہ کر دیا تھا۔ یہ مرزا خان بابا بن مرزا خان عیسیٰ خان ترخان

(اوّل) کا مزار ہے۔ یہاں ملک راجپال اور اہنسا بائی سوتے ہیں۔ مرزا باقی بیگ اُزبک، مرزا طغرل بیگ ___ یہ سونے والے جانے کہاں کہاں سے آئے تھے؟ کس کس علاقے کی مٹی کا خمیر یہاں قطار اندر قطار سوتا تھا۔ ترک، راجپوت، مغل، اُزبک، ارغون ___ دوست دشمن، باپ بیٹے، محرم نامحرم سب خاک میں مل کر خاک ہو گئے تھے۔ مٹی نے تمام راز اپنے اندر چھپا لیے تھے جیسے ماں اپنے سینے میں بچوں کے عیب چھپا لیتی ہے۔ اور جب چلتے چلتے رک کر میں نے ایک قبر کا کتبہ پڑھا تو ٹھٹک گئی تھی، لوحِ مزار پر لکھا ہے۔

''بہ تاریخ بست ششم ذی الحجہ ۱۰۸۲ھ

عصمت پناہ جہاں بیگم فوت شد ___''

اس لمحے میں مجھے خیال آیا کہ میری لوحِ مزار پر ''عصمت پناہ'' کا لفظ کس قدر سجے گا؟ اور اسی لیے میں نے ہنس کر اظفر سے کہا تھا۔

''میری لوحِ مزار پر بھی ''عصمت پناہ'' کندہ کروا دینا ___''

ہم کنجھ کے وسط میں تھے جب اظفر نے کشتی والے سے واپسی کے لیے کہا۔ جس پانی میں ہم نے آگے کا سفر کیا تھا، اسی پانی میں اب واپس جا رہے تھے۔

اکثر میرا جی چاہتا ہے کہ وقت میں پیچھے چلی جاؤں لیکن واپسی کا سفر ممکن نہیں ___ میرا جی چاہتا ہے یوسف سے پوچھوں کہ تم یہ کب تک چھپاؤ گے کہ Chstity Belt کی چابی تمہارے پاس ہے؟ میں کسی ایک مرد کی عورت ہو کر رہنا چاہتی ہوں ___

کشتی کنارے کی طرف جا رہی ہے۔ لیکن میں کنارے کی طرف نہیں جا سکتی۔

مجھے پانی کے بیچوں بیچ کھڑے رہنا ہے اور اس دن کا انتظار کرنا ہے جب چابی یوسف سے بھی گم ہو جائے ___ اظفر تو اسے گم کر ہی چکا ہے۔

☆☆

ڈاکٹر سلیم اختر

آخری سبق

ماں نے صحن میں دو قدم چل کر پیچھے مڑ کر دیکھا تو اسے دہلیز پر رُکے پایا۔

"ارے آ جاؤ رک کیوں گئے۔"

حامد نے صحن میں بیٹھے لڑکے، اور لڑکیوں کو نظر بھر کر دیکھا جواب تک کتابوں پر سے گردنیں اٹھا کر اسے گھور رہے تھے، اس کے دل کی دھڑکن میں تیزی پیدا ہو گئی۔ پاؤں جیسے دہلیز نے جکڑ لیے۔

حامد نے بے بسی سے اپنی ماں کو دیکھا پھر ان بچوں کو جو اب اسے دیکھ دیکھ کر ہنس رہے تھے اور پھر استانی جی کو۔ چوڑے کندھوں اور بھرے بھرے ہاتھ پاؤں والی لمبی تڑنگی استانی کو دیکھ کر دیسے ہی اس کے چھکے چھوٹ گئے۔ وہ سب اُسے دلچسپی سے دیکھ رہے تھے۔

"بڑا شرمیلا ہے میرا حامد۔"

ماں نے اب لاڈ میں آ کر اس کا ہاتھ پکڑا اور تقریباً گھسیٹتے ہوئے لا کر استانی جی کے سامنے پیش کر دیا، وہ مجرم بنا سر جھکائے کھڑا تھا۔ تپتے گال اور سرخ چہرہ لیے۔ اسے بچوں کی ہنسی اپنی پشت پر کانٹوں کی طرح چبھتی محسوس ہو رہی تھی اپنے لمبے قد کے باوجود وہ خود کو ایک بونا محسوس کر رہا تھا۔ ایسا بونا جسے ابھی قلابازی لگانے کو کہا جائے گا اور وہ اس معمولی سے کام میں بھی ناکام رہے گا۔ دھڑام سے گر پڑے گا اور پھر سب اس پر دل کھول کے ہنسیں گے۔

شاید وہ ہنس ہی رہے تھے مگر نہیں اب کوئی بھی نہیں ہنس رہا تھا۔ استانی جی کی ایک ہی نگاہ نے ان سب کی پھس پھس بند کرا دی تھی۔ مگر وہ ابھی تک مجرم بنا کھڑا تھا۔ جس کا سر اور آنکھیں استانی جی کے سانولے پاؤں پر ٹکی تھیں، کھلی چپل میں سانولے پاؤں اس وقت کششِ ثقل کا کام کر رہے

تھے۔

''ارے واقعی''استانی جی بولیں''یہ تو بہت ہی شرمیلا ہے'' یہ سن کر وہ شرم سے اور بھی سکڑ گیا اور ماں فخر سے بولی''یہ میرا حامد سات بیٹیوں جیسا ہے۔''اس پر سب کی پھس پھس پھر اس کی پُشت پر سوئیوں کی طرح چبھی مگر استانی جی کی ایک ہی نگاہ نے سب کو سُن کر دیا۔

باقی بچے سن ہوئے یا نہ ہوئے مگر حامد خود یقیناً سُن ہو کر رہ گیا۔ دراصل کہنا حامد کی خصلت تھی۔ غالباً اس کے خون میں سرخ خلیوں کے علاوہ کچھ ایسے خلیے بھی تھے جو اُسے خواہ مخواہ سن رکھتے تھے۔ ڈرنے کی بات ہو یا نہ ہو وہ خود بخود ہی ڈرا رہتا تھا خاص طور پر لڑکیوں سے اس کی جان جاتی تھی، اسے یہ لڑکیاں عجیب وغریب اور پراسرار قسم کی مخلوق نظر آتیں، ایسی مخلوق جس سے بچنے ہی میں عافیت ہو اور اب جو استانی جی کی صورت میں وہ ایک بہت بڑی لڑکی کے حضور پیش ہوا تو خود کو مجرم سمجھنا لازم تھا سو نظریں ابھی تک سانولے پاؤں پر ہی تھیں۔

اس کی ماں جھنجھلا کر بولی''او کھوتیا۔''

اس پر پھر اس کی پشت پر زور سے سوئیاں چبھیں۔

استانی جی بولیں۔''رہنے دیں، مت ڈانٹیں اسے، ابھی نیا نیا ہے اس لیے گھبرا رہا ہے۔''اس نے مشکور ہو کر استانی جی کو دیکھا تو انہیں اپنی طرف دیکھتے ہوئے مسکراتے ہوئے پایا۔ اس مسکراہٹ سے اس کی جان میں جان تو آئی مگر مکمل طور پر نہیں! ماں کو کچھ سمجھ نہ آ رہا تھا کہ وہ کیا کرے چنانچہ وہ جھنجھلا کر بولی''بڑا شرمیلا ہے میرا حامد۔''

قصور حامد میاں کا نہ تھا۔ ماں دنیا سے خوفزدہ تھی اس لیے مرغی کی طرح حامد کو اپنے پروں میں لیے رہتی وہ وقت جو بچوں کے ساتھ باہر گلی میں کھیلنے میں گزارنا چاہیے تھا۔ وہ صرف گھر میں ماں اور خالاؤں اور چچیوں کے ساتھ گزارتا، وہ گھر میں ماں کے ساتھ کام کراتا۔ بلکہ بعض کام تو اسے بے حد پسند تھے مثلاً سل بٹے سے مصالحہ پیسنا، ماں کی سہیلیاں آتیں تو یہ ان کے دائرہ کے قریب ہتھیلی پر ٹھوڑی ٹکائے ان کی باتیں سنتا رہتا، ساسوں کی باتیں، خاوندوں کی باتیں، پڑوسیوں کی

باتیں، کچھ سمجھ پاتا، بہت کچھ سمجھ میں نہ آتا مگر باتوں میں مزا ضرور آتا۔ ان باتوں کے سننے میں اس کے لیے سب سے بڑا مزا تھا اور یہی اس کی سب سے بڑی تفریح تھی پھر یہ ہونے لگا کہ کوئی ایک کہتی ''دیکھو تو کیسے چسکا لے رہا ہے۔''

''چلو حامد بیٹے۔'' اس کی ماں چمکار کر کہتی۔

اور وہ عورتوں کی جنت سے جلاوطن کر دیا جاتا۔

پھر اس نے چھپ کر باتیں سننی شروع کر دیں گو اب بھی بہت سی باتیں پلے نہ پڑتیں۔ مگر یوں چھپ کر سننے میں مزا اور بھی زیادہ تھا۔ چنانچہ وہ اور بھی زیادہ رگڑ کر مصالحہ پیسنے لگ گیا۔

پھر اچانک اسے محسوس ہوا کہ اس کا قد بے طویل ہو چکا ہے اور اپنی ماں کے منہ سے نکلی باتیں اُسے مکمل طور پر سمجھ میں آ گئیں۔ اس رات وہ خواب میں بلاوجہ ہی روتا رہا اگلی صبح اس نے مصالحہ پیسنے سے انکار کر دیا اور تب ماں کو احساس ہوا کہ بیٹا خاصا بڑا ہو چکا ہے۔

اب اسے پڑھانا چاہئے۔ اور تعلیم کے لیے استانی کے گھر سے بہتر بھلا اور کونسا اسکول ہونا تھا۔

استانی جی جو محلہ بھر میں آپا جی اشرف کے نام سے مشہور تھی۔ غریب کی جورو تھی آٹھویں پاس تھی اور پرائمری تک کے بچے پڑھاتی تھی کیونکہ باقی عورتیں آٹھویں پاس تو کجا آٹھویں فیل بھی نہ تھیں اس لیے استانی جی محلہ بھر کی مشیر تھیں، عمر زیادہ نہ تھی مگر محلہ بھر کی کنواریوں، دلہنوں، سوکنوں، ساسوں اور متفرق عورتوں کے دکھ سکھ کی کہانیاں سن سن کر بڑی بوڑھیوں سے زیادہ تجربہ کار اور سمجھ دار بن چکی تھیں اور پھر سب سے بڑھ کر یہ کہ خفیہ باتوں کی پٹاری کھلی رہتی تھی جب کوئی ہونٹوں پر آنچل رکھے سر جوڑے بیٹھی سرگوشیاں کرتی نظر آتی تو یقیناً وہ خفیہ مذاکرات ہوتے اور اللہ کے فضل سے ایسا بابرکت محلہ اور ایسی نیک بیبیاں تھیں کہ خفیہ مذاکرات کی کبھی کمی محسوس نہ ہوتی، بلاشبہ وہ محلہ کی مقبول ترین عورت تھی اس لیے کہ وہ ان نایاب عورتوں میں سے تھی جن کے کان کوؤں جیسے ہوتے ہیں کہ بات گہری تہہ میں گم۔ بڑی سے بڑی بات سنتی مگر کیا مجال جو چہرہ پر لہر تک آ جائے

وہ سب کی راز دار تھی مگر اس کی راز دار کوئی نہ تھی، اس نے اتنی باتیں اور ایسی ایسی باتیں سن رکھی تھیں کہ ایک مرتبہ اگر زبان کھول دے تو سالوں تک محلہ والے تھانے کچہریاں بھگتتے پھریں، عورتیں اس احسان کا بدلہ یوں چکاتیں کہ اپنے بچے پڑھنے کو بھیجتیں۔

عید، شبرات کو تحفے ملتے تو شادی بیاہ کے موقع پر جوڑے اور گھر میں اچھی چیز پکتی تو اسے بھیجنا نہ بھولتیں اور سب سے بڑی بات تو یہ تھی کہ اس کی بدخوئی نہ کرتیں۔ بلاشبہ وہ محلّہ کی مقبول ترین عورت تھی اس طرح وہ بچوں کی مقبول ترین استانی بھی تھی اور حامد کے لیے سب سے پسندیدہ ہستی! اتنی کہ اس کے مقابلہ میں سے اپنی ماں کچھ بھی نہ لگتی، چنانچہ اس نے گھر میں ماں کے ساتھ زنانہ کام کرانے بند کردیے وہ جب بھی کچھ کرنے کو کہتی وہ جھلا کر بولتا۔ ''اماں! دیکھ نہیں رہی ہیں میں آپا جی کا کام کر رہا ہوں۔''

اگر چہ اب ماں کو مصالحہ خود پینا پڑتا۔ کوٹھے پر جاکر دیواروں پر دھلے ہوئے کپڑے خود پھیلانے پڑتے اور اسی طرح کے اور چھوٹے موٹے کام جن میں حامد کو پہلے عجیب طرح کی لذت اور پھر اُن سے مسرت ملتی تھی اب سب اس کے لیے غیر ضروری اور بے کار ہو کر رہ گئے تھے، ہاں استانی جی کے کاموں س اس کی دلچسپی دن بہ دن بڑھتی جارہی تھی۔ سب بچے چلے جاتے مگر وہ وہیں رہ جاتا۔ اس کے لیے بازار سے بھاگ بھاگ کر سودا لاتا، باورچی خانہ میں مصالحے کے ڈبے قرینے سے سجاتا، تکیوں کے غلاف تبدیل کرتا اور سب سے بڑھ کر یہ کہ گھر سے بھی زیادہ باریک مصالحہ پیتا۔ پیتا جاتا۔ پیتا جاتا، حتیٰ کہ ہاتھ میں پکڑا بٹہ سل اور ان دونوں کے درمیان مصالحہ یک جان ہو جاتے مگر وہ دیوانہ وار پیسے جاتا۔ جب شام کو کام کاج سے تھک کر استانی جی لیٹ جاتیں تو پولے پولے ہاتھوں سے سر دباتا اور سخت سخت ہاتھوں سے ٹانگیں۔

استانی جی کے میاں عمر بڑے تھے اور سدا کے روگی! گھر میں ہوتے تو ان کی کھانسی کی آواز مسلسل سنائی دیتی رہتی۔

حامد کو آپا جی جتنی اچھی لگتی تھیں ان کے میاں صاحب اتنے ہی برے لگتے تھے۔ وہ گھٹنوں پر

کتاب دھرے دونوں کا موازنہ کرتا رہتا۔ استانی جی کا چہرہ کیسا گول کٹورے سا تھا جبکہ میاں جی کا لمبوترا چہرہ، چہرہ نہ تھا بَتہ تھا، استانی جی کے چہرہ پر کیسے نمک گھلا تھا جبکہ میاں جی کے چہرہ پر چیچک کے داغ دیکھ کر گندی سل کا خیال آتا، استانی جی ہنستیں تو پھولے پھولے گالوں میں گڑھا پڑ جاتا تھا جبکہ بڑھی ہوئی شیو سے میاں جی کے پچکے گالوں کے گڑھوں میں چیونٹیاں چلتی محسوس ہوتیں، استانی جی مسکراتیں تو سفید چمکیلے دانت لشکارا مارتے جبکہ پورا منہ کھول کر کھانسنے پر میاں جی کے گندے سے دانت اور پیلے سوڑھوں کے عقب میں سیاہ بلغمی حلق کا غار نظر آتا۔ استانی جی کے لمبے بال دیکھ کر ایک دن اس نے کہا ''آپا جی! میں تیل لگا دوں۔''

''تم؟'' وہ ہنس کے بولی۔

''ہاں! آپا جی'' وہ جوش سے بولا ''اپنی ماں کے سر میں، میں ہی تیل لگایا کرتا ہوں؟''

''اچھا، تو آؤ۔''

اس نے ہتھیلی پر تیل ڈالا اور مانگ کے بیچ میں سے بالوں کو دو حصوں میں تقسیم کرکے تیل کی باریک دھار سر پر ڈالی اور پیشتر اس کے تیل اِدھر اُدھر ہوتا اس نے اسے بالوں میں سمونا شروع کر دیا اس کے بعد آہستہ آہستہ وہ ہاتھ ہلاتا گیا۔ اس کے نرم نرم ہاتھوں کا لمس مساوات کر ذریعہ سے تمام اعصاب میں سکون کی لہریں دوڑا رہا تھا یوں کہ آنکھیں نیند سے بوجھل محسوس ہونے لگیں اُسے بھی احساس ہو چکا تھا کہ یوں تیل لگانا استانی جی کو بھایا ہے استانی جی کو یوں مزا دے کر اُسے جو خوشی حاصل ہو رہی تھی اس کی وجہ سے اس کے ہاتھوں میں اس کا دل سمٹ آیا یوں کہ تیل کے قطرہ قطرہ میں اس کا وجود بھی شامل ہو گیا۔

وہ صبح سویرے سب سے پہلے آتا، پھٹی دری پر چپلی میں جھولتے سانولے پاؤں کے قریب تر بیٹھنا اور سب سے آخر میں جاتا۔ ماں خوش تھی کہ بیٹے کی تعریف کرتے استانی جی کی زبان نہ تھکتی، استانی جی خوش تھیں کہ اتنا تابعدار شاگرد آج تک نہ ملا تھا اور شاگرد رشید کا یہ حال تھا کہ اس کا بس نہ چلتا ورنہ اپنا بستہ بغل میں دبا کر ہمیشہ ہمیشہ کے لئے استانی جی کے سامنے بیٹھا رہتا۔

وہ اب بھی ویسا ہی شرمیلا تھا، اس کے اب بھی زیادہ باتیں کرنے کو جی نہ چاہتا تھا۔ بلکہ کبھی کبھی تو بالکل ہی بولنے کو جی نہ چاہتا۔ بس پلکیں جھپکائے بغیر استانی جی کے کھلتے لبوں، سفید دانتوں اور ان میں بل کھاتی ننھی سی گلابی زبان کو تکتا رہتا۔ وہ اب بھی محلوں کے لڑکوں سے کھیلنے میں شرم محسوس کرتا۔ اس کا گھر میں بھی کھیلنے کو جی نہ چاہتا تھا بس گھٹنوں پر کتاب رکھے پہروں بیٹھا سبق یاد کرتا رہتا، ہونٹ رٹنے میں محو ہوتے آنکھیں کہیں اور ذہن میں کچھ اور!

اور پھر ایک رات اس نے عجیب خواب دیکھا وہ سر میں تیل لگا رہا ہے مگر یہ نہیں معلوم کہ سر کس عورت کا ہے مگر بالوں میں تیل کی دھار گرانے سے پہلے ہی بال سانپوں میں تبدیلی ہو جاتے ہیں۔ چھوٹے بڑے ہلتے کلبلاتے جھومتے۔ وہ ان سے ڈرتا بھی ہے لیکن اسے یہ بھی احساس ہے کہ اگر وہ اسی طرح تیل انڈیلتا رہا تو یہ سانپ مر جائیں گے چنانچہ وہ نئے عزم کے ساتھ بوتل اٹھاتا ہے مگر بوتل کو ہاتھ میں لیتے ہی جیسے ہوا بھرا ابھرا لفافہ پھٹ گیا۔ آنکھ کھلتے ہی اسے خود سے گھن آ رہی تھی۔

اور پھر اچانک ہی جیسے جھنجھوڑ کر اسے سہانے خواب سے بیدار کر دیا گیا اس کی ماں کو اچانک یاد آ گیا کہ وہ اب بہت ہی بڑا ہو گیا ہے استانی جی نے بھی اعلان کر دیا کہ وہ اسے جو سکھا سکتی تھیں سکھا چکی ہے اور یوں وہ اسکول پہنچا دیا گیا۔ جہاں اس نے اور کچھ سیکھا ہو یا نہ ہو ڈرنا ضرور سیکھ لیا، ماسٹروں سے ان طاقتور لڑکوں سے جو چھوٹے بچوں پر حکومت کرتے تھے، کتابوں سے اور سب سے بڑھ کر خود اپنے جسم سے۔

آپا جی کے ہاں جانا موقوف نہ ہوا تھا۔ مصالحہ پیسنے یا بالوں میں تیل لگانے کے لیے نہیں بلکہ ویسے ہی انہیں سلام کرنے کو اسے یہاں آ کر عجیب سا سکون کا احساس ہوتا تھا۔ سکول اور کلاس روم میں وہ سکڑا سمٹا رہتا مگر یہاں آ کر اسے محسوس ہوتا گویا اب دنیا بھر کی پریشانیوں سے محفوظ ہو گیا ہو وہاں بیٹھ کر اسکول کا کام کرتا اور سب سے بڑھ کر سکول کے لڑکوں کی اور ماسٹروں کی باتیں کرتا اور یوں دونوں کی شعوری کاوش کے بغیر استانی اور شاگرد میں دوستی کے ایک نئے رشتہ نے جنم

لے لیا۔ وہ دلچسپی سے اس کی باتیں سنتی، اسے مشورہ دیتی، اونچ نیچ سمجھاتی اور وہ سن کر سر ہلاتا رہتا۔ محلّہ کی عورتوں کی بک بک سننے کے بعد اور بچوں سے مغز ماری کے بعد حامد سے گفتگو اسے بھی بہت اچھی لگتی چنانچہ وہ بھی اس کے ساتھ اِدھر اُدھر کی باتیں کرتی رہتیں۔ میاں کی بیماری کی باتیں۔ کپڑوں کی باتیں، زندگی کے دُکھ سکھ کی باتیں۔

حامد کے لیے دن میں دوست بنانا ممکن ہو چکا تھا اور رات کے خوابوں سے پیچھا چھڑانا بھی ناممکن ہو چکا تھا۔

اور پھر اچانک ہی جیسے جھنجھوڑ کر اسے سہانے خواب سے بیدار کر دیا گیا اس کی ماں کو اچانک یاد آ گیا کہ وہ اب بہت ہی بڑا ہو گیا ہے کیونکہ تعلیم ختم کر کے ملازمت کر رہا ہے اور دنیا کی کوئی طاقت اسے اس کی شادی سے نہیں روک سکتی، روکنا کس نے تھا؟ بلکہ استانی جی نے تو ایک رشتہ بھی بتا دیا، حامد نے بہت شور مچا دیا کہ اس نے صرف میٹرک پاس کیا ہے اور وہ معمولی سا کلرک ہے اور ابھی محض انیس سال ہی کا ہے مگر اس کی کسی نے بھی نہ سنی، یہ سب خواب محسوس ہو رہا تھا۔ مہندی کی رسمیں، تیل کی رسمیں سہرا، بارات، مولوی صاحب کے منہ سے ادا ہوتے ہوئے مقدس کلمات، کھانا واپسی اور پھر کمرہ میں ایک اجنبی عورت، سرخ جوڑا، مہندی والے ہاتھ، ٹیکے والا ماتھا اور۔ اور۔ اور وہ رو رہی تھی۔ وہ تو رونے کے قابل نہ رہا تھا۔

شادی کے سہانے سپنے کی تعبیر یہ نکلی کہ دلہن نے واپس آنے سے انکار کر دیا۔ عورتوں کی زبانیں سرگرم عمل ہو گئیں۔

استانی جی اس کی ماں سے ملیں، دلہن کی ماں سے ملیں پھر دلہن سے ملیں وہ سب سے زیادہ پریشان تھیں کہ لڑکی انہوں نے پسند کی تھی اور حامد نے ان کے کہنے پر ہاں کی تھی سب ان کی عزت کرتے تھے مگر ابھی ڈور کا سرا کہاں سے ملے؟

شادی کے بعد سے حامد صبح سویرے کام پر چلا جاتا اور رات گئے تک گھر آتا اور اس دوران اس پر کیا بیتی؟ کسی کو نہیں معلوم تھا کہ اس کا کوئی دوست بھی نہ تھا، استانی جی کے گھر کا اس نے رخ

نہ کیا تھا۔

دفتر میں اس کی طبیعت بہت پریشان ہوئی تو چھٹی لے کر نکل آیا مگر جائے کہاں؟ بس سٹاپ پر بیٹھا سواریوں کی بھیڑ دیکھتا رہا، دیواروں پر لگے پوسٹر اور اشتہارات پڑھتا پھرا، سنیما میں تصویریں دیکھتا رہا اور آخر تھک تھنا کر سر جھکائے سوچ میں ڈوبا جو چلا تو یہ احساس ہی نہ ہوا کہ کب اور کیسے وہ استانی جی کے گھر آ پہنچا وہ دہلیز میں مجرم سا بنا کھڑا تھا۔ وہ صحن کے کونے میں چولھے پر بیٹھی تھی، بچے جا چکے تھے مگر وہ پھٹی دری ابھی تک لپیٹی نہ گئی تھی وہ کچھ دیر تک خاموشی سے نظریں دوڑاتا رہا۔ تب اچانک وہ آگے بڑھا اور اس نے دری لپیٹنی شروع کر دی۔ استانی جی خاموشی سے دیکھتی رہیں مگر اسے منع نہ کیا اس نے دری لپیٹ کر وہیں کونے میں رکھی جہاں وہ ہمیشہ رکھا کرتا تھا۔ اس کے بعد اس کے سامنے آ کر بیٹھ گیا وہ اُس سے کچھ کہنا چاہتی تھی کچھ پوچھنا چاہتی تھی مگر اس کے چہرے پر ایسی کیفیت تھی کہ خاموش رہی۔ دونوں نے ایک دوسرے کو دیکھا۔ حامد نے بولنے کے لیے ہونٹ کھولے مگر کھلے ہونٹوں سے الفاظ نہ نکلے صرف ٹھوڑی کپکپا کر رہ گئی اور اگلے لمحے وہ استانی جی کے گھٹنوں پر سر رکھے رو رہا تھا۔ سسکیوں سے سارا جسم کانپ رہا تھا وہ خاموشی سے اس کی پیٹھ سہلاتی رہی۔ دھیرے دھیرے وہ سکون پذیر ہو گیا مگر آنسو رک گئے مگر وہ اب بھی سوکھی سسکیاں لے رہا تھا اور پھر وہ خاموش ہو گیا۔ مگر ابھی تک اس طرح اس کے گھٹنے سے لگا بیٹھا تھا آنسوؤں نے اس کی شلوار گیلی کر دی تھی۔

وہ خاموش تھی اور خاصی دیر تک خاموش رہی۔ پھر اس نے ایک لمبی سانس لی۔ اسے بازو سے پکڑ کر اٹھایا اور اندر کمرے میں لے گئی۔

☆☆

طارق چھتاری

نیم پلیٹ

''کیا نام تھا اس کا؟ اُف بالکل یاد نہیں آ رہا ہے__'' کیدار ناتھ نے اپنے اوپر سے لحاف ہٹا کر پھینک دیا اور اٹھ کر بیٹھ گئے۔

''یہ کیا ہو گیا ہے مجھے، ساری رات ہو گئی نیند ہی نہیں آ رہی ہے۔ ہوگا کچھ نام وام نہیں یاد آتا تو کیا کروں__ لیکن نام تو یاد آنا ہی چاہئے۔ آخر وہ میری بیوی تھی، میری دھرم پتنی__'' انہوں نے پیشانی پر ہاتھ رکھا۔ بہتر سالہ کیدار ناتھ کے ماتھے کی بے شمار جھرّیاں بوڑھی ہتھیلی کے نیچے دب کر پھڑ پھڑانے لگیں۔

''سرلا کی ماں......'' ان کے منھ سے بے ساختہ نکل پڑا۔

''اف وہ تو ٹھیک ہے مگر کچھ نام بھی تو تھا اس کا__ کیا نام تھا؟ اس کے نام کا پہلا اکچھر ..... ہاں کچھ کچھ یاد آ رہا ہے......'' انہوں نے پیر پلنگ کے نیچے لٹکا دیئے اور لائٹ آن کرنے کے لیے دیوار میں لگے سوئچ کی طرف بڑھے۔

''اس کے نام کا پہلا اکچھر ......'' ''کے'' ''نہیں نہیں__ ہاں ہاں یاد آ گیا۔''

ان کا جھریوں سے بھرا پوپلا منہ مسکرانے کے لئے تیار ہی ہو رہا تھا کہ کھانسی کا ایک ٹھسکا لگا اور پھر وہ بھول گئے کہ وہ اکچھر کیا تھا۔

کمرے میں چاروں طرف روشنی پھیل چکی تھی__

''ڈھائی بجنے کو ہیں__ '' ان کی نظر ٹائم پیس پر پڑ گئی۔

''ٹائم پیس......؟ ہاں......نا......نہیں، پیس......'' ''سا''

ارے ہاں__

’’سا‘‘ ہی تو تھا اس کے نام کا پہلا اکھر ___‘‘

’’سا‘‘؟ نہیں یہ تو سَرلا کی ماں......

’’پھر سَرلا کی ماں ___ آخر نام بھی تو کچھ تھا اس کا ___‘‘ کیدار ناتھ نے جھنجھلا کر سرہانے رکھی چھڑی کو اٹھایا، گلے میں گُس کے مفلر لپیٹا اور بار بار چھڑی کو فرش پر پٹخنے لگے۔ پھر دونوں ہاتھوں میں چھڑی کو جکڑ کر اس طرح سر کے قریب لائے جیسے اس کے ہتھے سے اپنا سر پھوڑ ڈالنا چاہتے ہوں۔

’’تعجب ہے اپنی بیوی کا نام بھی بھول گیا۔ اسے مَرے ہوئے بھی تو چالیس برس گزر گئے ہیں۔ تین سال کا عرصہ ہوتا ہی کتنا ہے۔ صرف تین سال ہی تو اس کے ساتھ رہ پایا تھا میں ___‘‘

وہ خالی خالی نظروں سے کمرے کو گھور رہے ہیں۔ پلنگ، میز، کرسی اور الماری ___ کتابیں......‘‘ الماری کتابوں سے بھری پڑی ہوگی، الماری کے پٹ بند ہیں۔ وہ پلنگ کی جانب بڑھے اور پھر الماری کی طرف مڑ گئے۔ دروازہ کھولا ___ الماری خالی تھی ___ نہ اس میں کتابیں تھیں اور نہ خانے ___ ’’ارے اس میں تو پچھلی دیوار بھی نہیں ہے ___‘‘

وہ لرز گئے اور گھبرا کر ایک پاؤں اس کے اندر رکھ دیا پھر دوسرا پاؤں ___

اب وہ دروازے کے باہر کھڑے تھے۔ سب کچھ خالی تھا، ان کے ذہن کی طرح وہ سمت بھول گئے تھے اور الماری کے بجائے باہر جانے والا دروازہ کھول بیٹھے تھے۔ باہر سڑک پر کہرا جما ہوا تھا۔ کھمبوں کے بلب مدھم دیوں کی طرح ٹمٹما رہے تھے۔ سنسان سڑک پر انہیں لگا کہ یکا یک بھیڑ امڈ آئی ہے۔ چاروں طرف شور ہو رہا ہے۔ باجے کے شور سے کان پھٹے جا رہے ہیں۔ دو کہرے میں چھپی ہوئی ڈولی ___ سُرخ جوڑا پہنے دلہن، دلہن مسکرا رہی ہے۔

سڑک پر ایک پتھر کا ٹکڑا پڑا تھا، انہیں ٹھوکر لگی اور لڑکھڑا کر کھمبے سے جا ٹکرائے، بہت زور سے دھکا دیا تھا محلے بھر کی لڑکیوں نے ___ اور پھر دروازہ بند ___

’’کیا نام ہے تمہارا ___‘‘ نام معلوم ہوتے ہوئے بھی اس کا نام پوچھا تھا انہوں نے ___ وہ شرما گئی تھی اور گھٹنوں میں منہ چھپا لیا تھا۔ انہوں نے پھر پوچھا تو اس نے آہستہ سے اپنا نام

بتایا___

''کیا بتایا تھا اس نے___؟ اف بالکل یاد نہیں___ ''اور وہ چھڑی کو زمین پر ٹیکتے ہوئے تیز تیز قدموں سے چل پڑے۔ انھیں کہاں جانا ہے؟ پتہ نہیں___ پھر بھی وہ چلتے رہے اور اب وہ اپنے گھر سے بہت دور نکل آئے تھے۔

یہ علاقہ کون سا ہے؟ کیلاش نگر؟ ہاں شاید وہی ہے۔ آگے دائیں طرف ان کے دوست شرما جی کی کوٹھی ہے۔ باہر گیٹ پر نیم پلیٹ لگی ہے۔ ''ست پرکاش شرما'' وہ ان کے دفتر کے ساتھی تھے۔ گزرے ہوئے کئی برس ہوگئے۔

اچانک کیدار ناتھ ٹھٹکے اور رک گئے___ ''ارے یہی تو ہے شرما جی کی کوٹھی، ہاں بالکل یہی ہے۔ وہاں لگی ہے ان کے نام کی پلیٹ___ ''کیدار ناتھ کو کہرے کی دھند میں ایک تختی نظر آئی۔

''شرما......'' انھوں نے پڑھا___ ''رام پرکاش شرما۔''

رام پرکاش......؟ نہیں ان کا نام تو ست پرکاش تھا۔ انہوں نے غور سے دیکھا۔

''رام پرکاش شرما (ایڈوکیٹ)___ ''صاف صاف لکھا تھا۔

انہیں یاد آیا کہ ایک روز شرما جی نے کہا تھا___ ''میرا بیٹا رام پرکاش ایڈووکیٹ ہوگیا ہے___''

''اچھا تو اپنے باپ کے نام کی پلیٹ اکھاڑ کر......'' کھٹ سے کوئی چیز گری۔ انھیں لگا کہ ان کے ذہن سے کوئی چیز ٹوٹ کر قدموں میں آج گری ہے۔ وہ سہم گئے اور مجرم کی طرح گردن جھکالی۔ یہ کسی کے نام کی پلیٹ تھی۔ مگر ایک حرف بھی صاف نہیں۔ سب کچھ مٹ چکا ہے۔ ان کے جسم میں زن زناہٹ سی ہونے لگی۔ لاغر ٹانگیں جو ابھی ابھی کانپ رہی تھیں، پیاسے ہرن کی طرح کلانچیں مارنے کو بیتاب ہو اٹھیں۔

وہ بھاگ رہے ہیں۔ نہیں آہستہ آہستہ چل رہے ہیں۔ یا رینگ رہے ہیں یا کھڑے کھڑے ہی...... یہ تو پتہ نہیں مگر اب وہ اپنے گھر سے کئی میل دور سرلا کے گھر کے بہت قریب آن پہنچے ہیں۔

سرلا سے اس کی ماں کا نام پوچھ ہی لیں گے ___

سرلا کو اپنی ماں کا نام یاد ہوگا ___ ؟ کیوں نہیں ___ کوئی ماں کا نام بھی بھولتا ہے کیا۔

''پاروتی دیوی ___ '' ان کی ماں کا نام پاروتی دیوی تھا۔ انہیں پچھتر سال کی عمر میں بھی اپنی ماں کا نام یاد ہے۔

''پاروتی دیوی کی جے......'' بچپن میں وہ اپنے بابا کے ساتھ بیٹھے پوجا کر رہے تھے۔

''بابا............اماں کا نام بھی تو پاروتی دیوی ہے ___ '' ''ہاں بیٹے یہی پاروتی دیوی ہیں جن کے نام پر تمہاری اماں کا نام رکھا گیا ہے۔''

اور اس روز سے وہ آج تک روزانہ پاروتی دیوی کی پوجا کرتے ہیں اور جے بولتے ہیں۔ ماں تو بھگوان کا روپ ہوتی ہے، پھر بھلا سرلا کیسے اپنی ماں کا نام بھولی ہوگی ___ ! کیدار ناتھ کا دل اندر سے اتنا خوش ہو رہا تھا کہ ہاتھ پاؤں پھولنے لگے۔ رفتار میں دھیما پن آ گیا مگر وہ اپنے بوڑھے جسم کو ڈھکیلتے ہوئے آگے بڑھتے چلے جا رہے تھے ___ !!

''بابو جی آج اتنی سویرے آپ ادھر ___ ؟'' سرلا نے کسی سوچ میں ڈوبے ہوئے کیدار ناتھ کو چائے کی پیالی دیتے ہوئے پوچھا ___ ! بوڑھے آسمان کی گود سے نئے سورج کا گولا جھانک رہا ہے۔ کیدار ناتھ کے پنجوں کی انگلیاں سرد ہو کر سُن پڑ چکی ہیں، جیسے ان میں گوشت ہے ہی نہیں اور وہ اندر سے بالکل خالی، بالکل کھوکھلی ہو چکی ہیں اور وہ سرلا کے مکان کے باہر پتہ نہیں کھڑے کھڑے تھک چکے ہیں۔ ''میں یہاں کھڑا ہوں۔ آتے جاتے لوگ دیکھ کر کیا سوچیں گے۔ اب تو دن چڑھے کافی دیر ہو گئی ہے۔ سرلا سو کر اٹھ گئی ہوگی۔ اندر چلنا چاہئے۔ لیکن کیا واقعی سرلا نے اب تک اپنی ماں کا نام یاد رکھا ہوگا؟ شرما جی کے بیٹے نے اپنے باپ کے نام کی پلیٹ اکھاڑ کر...... کھٹ سے کوئی چیز گری، انہیں لگا کہ ان کے ذہن سے کوئی چیز ٹوٹ کر قدموں میں آن گری ہے۔ دھندلے دھندلے حروف ابھرنے لگے اور ان کی آنکھوں میں اندھیرا چھا گیا ___ اندھیری رات............ٹھہرے سے بھری ہوئی سرد رات...... بے شمار کتوں کے بھونکنے کی آوازیں، کئی آوارہ

کتے ،ان کے پیچھے لگ گئے ہیں۔ وہ کتوں سے بچنے کے لئے......ملٹن پارک میں گھس جاتے ہیں۔ ملٹن پارک؟ اب تو اس کا نام گاندھی پارک ہو گیا ہے۔ گاندھی پارک ہو یا ملٹن پارک، ہے تو یہ وہی پارک جہاں وہ شادی کے دو دن بعد اسے لے کر آئے تھے۔ پارک کی بارہ دری ٹوٹ کر کھنڈر بن گئی ہے۔ ٹوٹی ہوئی بارہ دری کے پتھروں کے نیچے سے ہوتی ہوئی ان کی نظریں چالیس برس پُرانی بارہ دری میں گھس جاتی ہیں___ ''آؤ یہاں بیٹھو......کتنی خوبصورت ہیں یہ محرابیں___'' وہ دونوں سنگ مرمر کے ستون سے کمر لگا کر بیٹھ جاتے ہیں اور پھر وہ دنیا سے بے خبر بہت دیر تک اس کے پاس بیٹھے رہے۔ مہینوں......برسوں......کہ اچانک اس کی بیٹی سرلا نے اسے چونکا دیا۔

''بابو آپ چپ کیوں ہیں؟ کیا سوچ رہے ہیں___؟''

''کچھ نہیں بیٹی۔ میں سوچ رہا تھا آج اتنی سویرے......اصل میں، میں نے سوچا جوگیندر کے دفتر جانے سے پہلے ہی پہنچ جاؤں تو اچھا ہے___''

''بابو جی آج تو اتوار ہے___''

''اوہ، ہاں آج تو اتوار ہے۔ کیا کروں بیٹی ریٹائر ہونے کے بعد دن تاریخ یاد ہی نہیں رہتے۔''

وہ دل ہی دل میں سوچنے لگے___ ''دن تاریخ کیا اب تو بہت کچھ یاد نہیں رہا۔''

اتنے میں جوگیندر بھی آنکھیں ملتے ہوئے آئے اور کیدارناتھ کو پرنام کر کے صوفے پر بیٹھ گئے۔

''بابو اتنی سویرے؟ سب ٹھیک ہے نا___''

''میرے جلد آنے پر یہ لوگ اتنا زور کیوں دے رہے ہیں۔ ضرور میرے اچانک آنے سے ان کا ڈسٹرب ہوا ہوگا۔ مجھے چلے جانا چاہئے، ابھی......''

کیدارناتھ کو خاموش بیٹھا دیکھ کر سرلا بول پڑی___ ''ارے بابو جی تو بھول ہی گئے تھے کہ آج اتوار ہے اسی لیے تو اتنی جلدی......''

''آج اتوار ہے اور میں اس طرح بغیر بتائے یہاں چلا آیا ہوں۔ ہوسکتا ہے ان دونوں کا کوئی پروگرام ہو۔ اب میری وجہ سے............''

''ہفتے میں چھٹی کا ایک ہی دن تو ملتا ہے ان لوگوں کو___ مگر میں بھی تو روز روز نہیں آتا۔ گھر سے چل پڑا تھا، بس چلتا رہا اور چلتے چلتے جب سرلا کے گھر کے قریب آگیا تو سوچا، ملتا چلوں، کیا یہ لوگ آج میرے لیے اپنے پروگرام نہیں چھوڑ سکتے؟''

کیدار ناتھ کی آنکھوں میں آنسو چھلک آئے ہیں___

''کمبخت بڑھاپے میں آنسو بھی کتنی جلدی نکل آتے ہیں___'' وہ آنسوؤں کو چھپانے کی کوشش کررہے تھے کہ سرلا نے ان کی آنکھوں میں جھانک کر دیکھا۔ یہ اس طرح کیا دیکھ رہی ہے؟ کہیں سب کچھ سمجھ تو نہیں گئی۔

کیا سمجھے گی؟ یہ کہ میں اپنی بیوی کا نام بھول گیا ہوں اور رات بھر جاگتا رہا ہوں یا یہ کہ میں رو رہا ہوں___

''بیٹی آج مجھے جوگیندر سے کچھ کام تھا......''

''بابو جی مجھ سے؟'' جوگیندر نے حیرت زدہ ہو کر پوچھا۔

''ہاں یوں ہی، کوئی خاص بات نہیں تھی۔''_____ پھر وہ لان کی طرف جھانکنے لگے۔

''آج بہت سردی ہے۔ تمہارے لان میں تو سویرے ہی دھوپ آجاتی ہے۔''

سرلا نے لان کی طرف دیکھتے ہوئے کہا:

''ہاں بابو جی، ابھی تو دھوپ میں تیزی بھی نہیں آئی اور اوس بھی بہت ہے، پورا لان گیلا ہے۔''

وہ کہہ رہی تھی کہ جوگیندر بیچ میں بول پڑے۔

''بابو ابھی کچھ کام کے سلسلے میں آپ کہہ رہے تھے؟''

''کیا یہ لوگ چاہتے ہیں کہ میں جلدی سے کام بتا کر چلتا بنوں تا کہ ان کے پروگرام ڈسٹرب

نہ ہوں۔'' کیدار ناتھ کھانسنے لگے اور کافی دیر تک کھانستے رہے۔ وہ کھانس رہے تھے اور سوچتے جاتے تھے کہ اب کیا کہوں کہ بغیر سوچے سمجھے ہی بول پڑے ____

'' بیٹے تمہیں نام یاد رہتے ہیں؟''

'' کیسے نام بابو جی؟ ویسے میں ہمیشہ نام یاد رکھنے میں کمزور رہا ہوں، اسی لیے ہسٹری کے پرچے میں میرے نمبر بہت کم آتے تھے۔''

'' اب کیا پوچھوں؟ کیا سرلا سے یہی سوال کروں؟ مگر یہ تو بڑی بے تکی بات ہوگی۔ اگر سرلا خود ہی بول پڑے کہ بابو جی مجھے نام یاد رہتے ہیں، تو جلدی سے پوچھ لوں کہ بتاؤ تمہاری ماں نام کیا تھا__ ''

کیدار ناتھ نے حسرت بھری نظروں سے سرلا کی طرف دیکھا لیکن وہ خاموش بیٹھی رہی اور اٹھ کر کچن کی طرف چل دی__

سورج چڑھے کافی دیر ہو چکی تھی۔ دھوپ میں بھی تیزی آتی جا رہی تھی۔ لان کی ہری گھاس پر جمے ہوئے شبنم کے قطرے اپنا وجود کھو چکے تھے۔ کیدار ناتھ نے اپنے جسم پر چڑھے ہوئے گرم کپڑوں کو اس طرح سے ٹٹولا جیسے وہ ڈھونڈ رہے ہوں کہ ان کپڑوں کے اندر جسم ہے بھی یا نہیں۔

دوپہر کا کھانا تیار تھا۔ لیکن ابھی تک سرلا سے اس کی ماں کا نام پوچھنے کا موقع نہیں مل پایا تھا۔ سرلا صبح سے کھانا تیار کرنے میں لگی ہوئی تھی۔ کیدار ناتھ باہر دھوپ میں جا کر بیٹھتے تو کبھی اندر آ کر برآمدے میں ٹہلنے لگے کبھی جوگیندر سے ادھر ادھر کی باتیں ہوتیں اور کبھی سرلا آتی تو اس موقع کی تلاش میں رہتے کہ ذرا جوگیندر اٹھ کر جائیں اور وہ اکیلے میں سرلا سے اس کی ماں کا نام پوچھ لیں۔

'' اب دوپہر کے کھانے کا وقت ہو چکا ہے۔ کھانے میں بات میں بات نکلے گی، تب تو پوچھ ہی لوں گا۔'' انھوں نے سوچا اور مطمئن ہو گئے۔

کھانے کی میز سج چکی ہے۔ سرلا نے کئی طرح کی سبزیاں بنائی ہیں__ کھانا بہت لذیذ ہے۔ آج بہت دنوں کے بعد اپنی بیٹی کے ہاتھ کا کھانا ملا ہے۔ نوکر کے ہاتھ کا کھاتے کھاتے ان کا

دل بھر گیا تھا۔ سرلا کی ماں کے ہاتھ کا ذائقہ تو انھیں یاد بھی نہیں ___ اس کا نام بھی تو یاد نہیں ___ ان کا جی چاہا کہ جلدی سے پوچھ لیں۔

''بیٹی تمہاری ماں کا کیا نام تھا۔''

''ارے یہ کیا۔ اگر اس طرح وہ کوئی سوال کریں گے تو یہ دونوں کیا سوچیں گے۔ دونوں قہقہہ مار کر ہنس پڑیں گے ___'' کیدار ناتھ خود پر قابو پانے کی کوشش کرنے لگے کہ کہیں بھول کر یہ سوال ان کے منہ سے نکل پڑے ___ ''اف کس سے پوچھوں.......... کمبخت خود ہی میرے ذہن میں آ جائے تو پوچھنا ہی کیوں پڑے؟'' انھوں نے بھنویں سکوڑیں، پیشانی پر بے شمار بل پڑ گئے پھر آنکھیں بند کر لیں اور اپنے ذہن سے جوجھنے لگے۔ آج سرلا کا بیٹا نظر نہیں آ رہا ہے، شاید اسے اپنی نانی کا نام یاد ہو ___ باتوں باتوں میں اس سے تو پوچھ ہی لوں گا ___ ''سرلا آج تمہارا بیٹا......؟''

''ہاں پتا جی میں تو بتانا بھول ہی گئی۔ بی اے پاس کرنے کے بعد اس نے کمپیٹشن کی تیار شروع کر دی تھی۔ کل سے اس کے امتحان ہیں۔ دو دن پہلے ہی دلی چلا گیا ہے ___'' ''او...... اچھا...... تو گھر پر نہیں ہے۔ کیدار ناتھ کو اپنی بیوی کا نام یاد نہیں آیا۔ کھانے کے بعد چائے اور پھر دیکھتے ہی دیکھتے شام ہو گئی۔ کیدار ناتھ بغیر نام پوچھے ہی وہاں سے اٹھ پڑے۔ گھر لوٹنے کے لیے بس پکڑی۔ اب ان کے جسم کی ساری رگیں ڈھیلی پڑ چکی تھیں۔ ہر ایک شخص کو دیکھ کر انہیں لگتا کہ اسے ضروری میری بیوی کا نام معلوم ہوگا۔ وہ ہر ایک سے پوچھنے کے لیے ان کے ہونٹ کھلتے سفر جاری رہا اور پھر اچانک ایک جھٹکے کے ساتھ بس رکی۔ انھوں نے کھڑکی سے باہر جھانکا اور اترنے کے لئے سیٹ سے اٹھ کھڑے ہو گئے۔

کمرے میں چاروں طرف اندھیرا ہے۔ وہ بغیر روشنی کیے بستر پر ڈھیر ہو گئے۔ اندھیرا گہرا ہوتا جا رہا تھا، کیدار ناتھ کو محسوس ہوا کہ دیواریں انکی طرف کھسکتی چلی آ رہی ہیں۔ انہوں نے آنکھوں پر زور دے کر دیواروں کی طرف دیکھا تو ان کی آنکھوں میں جلن ہونے لگی۔ پورے

کمرے میں دھواں بھر گیا تھا۔ ''اٹھ کر لائٹ جلادی جائے۔'' انہوں نے سوچا۔ مگر روشنی میں تو انہیں نیند ہی نہیں آتی۔ اندھیرے میں بھی کب آتی ہے۔ اب ان کی آنکھیں شعلوں کی طرح دہکنے لگی تھیں۔ جسم سے بھی آگ نکلنے لگی۔ آگ کی لپٹیں بہت تیز ہوگئی ہیں۔ سرلا کی ماں کی چتا جل رہی ہے۔ روشنی بہت تیز ہے اور انہیں نیند نہیں آرہی ہے۔ تو پھر آنکھیں نیند سے بوجھل کیوں ہوتی جارہی ہیں؟ جگہ جگہ سے جسم گل گیا ہے۔ وہ جدھر کروٹ لیتے ہیں ادھر ہی سے شدید درد کی لہر اٹھتی ہے۔ ان کے ہاتھ پیر بالکل ٹھنڈے ہوتے جارہے تھے کہ اچانک ذہن سے کوئی چیز نکل کر پلنگ کے نیچے فرش پر جاپڑی۔ کیدار ناتھ اٹھ کر بیٹھ گئے۔ لائٹ جلائی اور الماری کھول کر تمام کتابیں فرش پر جاپڑی۔ کیدار ناتھ اٹھ کر بیٹھ گئے۔ لائٹ جلائی اور الماری کھول کر تمام کتابیں فرش پر بکھیر دیں۔ ایک ایک کرکے میز کی دراز کے تمام کاغذات نکال ڈالے اور پرانے بکس سے کچھ فائلیں نکالیں پھر دیوانوں کی طرح انہیں الٹ پلٹ کر دیکھنے لگے ــــ کسی کاغذ کو پڑھتے، کسی کو پھاڑ کر پھینک دیتے اور کسی کو تہہ کرکے رکھ لیتے۔ ''کمبخت اس کی کوئی چھٹی بھی تو نہیں مل رہی ہے۔'' اب کیدار ناتھ نے جھنجھلا کر کتابوں، کاغذوں اور فائلوں کو نوچ کر پھینکنا شروع کردیا ہے۔ دونوں ہاتھ بالکل شل ہوچکے ہیں۔ سانس رکنے لگی ہے انہوں نے گھبرا کر گلے میں بندھے مفلر کا بل کھولنا چاہا کہ پتا نہیں کیسے گرفت اور تنگ ہوگئی پھر ایک جھٹکے کے ساتھ مفلر کھینچ لیا اور بری طرح ہانپنے لگے۔ ''ڈھونڈنے سے کوئی فائدہ نہیں ــــ یاد کرنا بھی بیکار ہے، اب کچھ یاد نہیں آئے گا'' اور وہ یاد کرنے لگے کہ ان کی بیوی کا کیا نام تھا ــــ

شانتی..........؟

نہیں ــــــ

سروجنی ــــــ

نہیں......نہیں......

سرسوتی..........؟

اُف یہ بھی نہیں ـــــ

ہزاروں نام ان کے ذہن میں تیزی سے آنے لگے۔ پھر وہ بھول گئے کہ کیا یاد کر رہے تھے۔

آج کونسا دن ہے؟

اتوار ـــــ

نہیں اتوار تو کل تھا۔

کل؟

اتوار تو اس دن تھا جب وہ سرلا کے گھر گئے تھے اور سرلا کے گھر گئے ہوئے اب صدیاں گزر چکی ہیں۔

ان کی آنکھوں سے زرد روشنائی ٹپک کر پورے کمرے میں پھیل گئی ہے۔

کتابیں، کاغذات اور فائلیں ـــــ انہیں کچھ دھندلے دھندلے حروف نظر آئے۔

"شرما ـــــ ہاں میرے دفتر کے شرما ـــــ"

"پورا نام کیا تھا ان کا؟"

اف یہ بھی بھول گیا۔

"اور ان کے بیٹے کا؟"

نہیں، اب مجھے کچھ بھی یاد نہیں ہے۔

پارک ـــــ

"کون سا پارک"؟

ہاں وہی پارک جہاں وہ کھڑی مسکرا رہی ہے۔

لیکن اب تو اس پارک کا نام بھی بدل گیا ہے۔

"کیا ہے اس کا نیا نام؟"

نیا ہی کیا اب تو پرانا بھی یاد نہیں۔ میں سب کچھ بھولتا جا رہا ہوں۔

میری بیٹی ـــــ

اف اس کا نام بھی یاد نہیں آ رہا ہے۔

اس کے شوہر کا نام؟

ہے بھگوان مجھے کیا ہوتا جا رہا ہے ـــــ اب تو کچھ بھی یاد نہیں۔

کیا صرف بیوی کے نام کے لیے وہ اتنے پریشان ہیں۔

''نہیں، کوئی اور چیز بھی ہے جسے وہ بھول گئے ہیں۔

''کیا چیز ہے وہ؟''

وہ نیم پلیٹ جو بار بار ان کے ذہن سے نکل کر گزر پڑتی ہے! کیا لکھا ہے اس میں؟ کچھ دکھائی نہیں دیتا ـــــ سب کچھ مٹ چکا ہے ـــــ

دیواریں، چھت، دروازے اور فرش...... کچھ بھی نہیں ہے۔ دور تک پھیلا ہوا ایک بہت بڑا میدان ہے جس کی زمین میں جگہ جگہ دراڑیں پڑ چکی ہیں۔ سورج کا گولا پھیل کر اتنا بڑا ہو گیا کہ پورا آسمان اس کے پیچھے چھپ جاتا ہے۔ روشنی اتنی تیز ہے کہ کچھ دکھائی نہیں دیتا کہ اچانک دور کوئی بہت چھوٹی سی چیز نظر آئی۔

کیا ہے وہ؟

کوئی انسان ہے جو اپنے چاروں طرف مڑ مڑ کر دیکھ رہا ہے۔ اس کے قریب کوئی بھی نہیں ہے، وہ تنہا ہے، بالکل تنہا ـــــ

ارے وہ تو میری طرف بڑھ رہا ہے اور اب میری آنکھوں کے اتنا قریب آ گیا کہ اس کے پیچھے سارا میدان، آسمان اور سورج کا پھیلا ہوا گولا بھی چھپ گیا ہے۔

کون ہے یہ شخص؟

''میں؟'' اور ان کی آنکھوں کے سامنے خود ان کی اپنی ذات اندھیرا بن کر چھانے لگے۔

''مگر میں کون ہوں؟ کیا نام ہے میرا؟'

''ایں......اب تو میں اپنا نام بھی بھول گیا__'' وہ ماتھے پر ہاتھ رکھ کر زور سے چیخنے اور بغیر ریڑھ کی ہڈی والے آدمی کی طرح دہرے ہوتے ہوتے اپنے آپ میں سمٹنے لگے۔انہیں لگا کہ وہ کئی گز زمین کے اندر دھنس گئے ہیں۔ان کا دم گھٹ رہا ہے۔سر بری طرح چکرانے لگا اور آنکھوں سے نیلے پیلے بادل اُمڈ آئے۔ہاتھ پاؤں سُن پڑ چکے ہیں اور گلا رندھ گیا ہے، جیسے کوئی بہت موٹی سی چیز اس میں اٹک گئی ہو۔کانپتا ہوا ہاتھ انھوں نے گردن پر رکھ لیا۔اور کھنکھارنا چاہا مگر انہیں لگا کہ کھنکارتے ہی ہچکی آ جائے گی اور وہ مر جائیں گے۔

''نہیں____'' وہ بہت زور سے چیخے ان کے ہاتھ کی گرفت گلے پر خود بخود مضبوط ہو گئی تھی۔دھندلے دھندلے حروف ابھرنے لگے۔

''کے...... کے......'' اف لگتا ہے ذہن کے پرخچے اڑ جائیں گے اور زبان کٹ کر دور جا گرے گی۔انہوں نے غور سے دیکھا، حرف کچھ کچھ صاف دکھائی دینے لگے تھے۔''کے دار..........''

اور پھر انہوں نے پڑھ لیا__ ''کیدار ناتھ__'' خوشی سے چیخ پڑے اور گلے پر سے ہاتھ کی گرفت ڈھیلی ڈھیلی پڑ گئی۔دل بہت زور سے دھڑکا، پورے بدن میں گدگدی سی ہونے لگی اور وہ لڑکھڑاتے ہوئے پلنگ پر جا پڑے__

''کیدار ناتھ، کیدار ناتھ__'' وہ زور زور سے کہنے لگے جیسے اب انہیں سب کچھ یاد آ گیا ہو۔

اپنی بیٹی کا، دوست کا، اس پارک کا اور اپنی بیوی کا نام__ کیدار ناتھ__! انھیں محسوس ہوا کہ ساری دنیا کا نام کیدار ناتھ ہے۔

پھر آہستہ سے اٹھے، لائٹ بجھائی اور کیدار ناتھ، کیدار ناتھ کہتے ہوئے لحاف میں گھس گئے۔
صبح ہوئی تو انھوں نے خود کو بہت مطمئن محسوس کیا۔رات انھیں بہت گہری اور سکون کی نیند آئی__!!

☆☆